시노와 렌

Shino to Ren

Tsuzuro Hibi   Minori Chigusa

Future

작가

일러스트 · 원작
치구사 미노리

히비 츠즈로

Contents

Character

시라유키 렌 Ren Shirayuki

현재 22세. 복식 전문학교를 졸업 후,
패션 모델 'REN'으로서 데뷔.
젊은 층을 겨냥한 잡지나 SNS 등에서
활약하고 있기 때문에, 데이트 중에
중고등학생 팬에게 말을 걸리는 일도 있다.

사오토메 시노 Shino Saotome

현재 23세. 대학 졸업 후
도립 고등학교의 수학교사가 되어,
'시노 선생님'이라 는 애칭으로 불리며
학생들에게 친근감을 사고 있다.
취직을 계기로 본가를 나와 자취를 시작.

"⋯⋯렌,
좋아하잖아.
내⋯⋯ 가슴."

"⋯⋯이봐,
엄청 닿고 있는데."

"······레, 렌?
실제 촬영 때도,
그런 느낌이야?"

"그야,
그런 지시가 있으면 하지.
일단은 프로니까."

시노와 렌

Shino to Ren

Tsuzuro Hibi   Minori Chigusa

Future

작가   일러스트 · 원작

히비 츠즈로   치구사 미노리

프롤로그

"어떤 식으로 촬영한 건지 보여줘."

렌에게 그런 부탁을 한 건 다름 아닌 나 자신이었다.

침대 위에서 윗몸을 구부리고 있는 렌의 가슴엔 드레스의 디자인 탓에 잘 보이지 않는 부드러운 부분이 드러나 있었다.

어라? 렌은 항상 이런 모습으로 촬영하고 있는 거야? 카메라맨한테 다 보이는 거 아니야……?

내가 동요하는 것도 모르고, 렌은 뒷머리를 양손으로 쓸어 올렸다.

하얗고 깨끗한 렌의 목덜미가 완전히 드러난다.

……안 돼. 렌을 불순한 눈으로 보는 사람이 분명히 있을 거야. ……나처럼.

불안한 마음 뒤편으로, 난 렌에게 눈을 뗄 수 없었다.

이토록 귀엽고 멋진 연인이, 평소에는 모델로서 많은 이들을 매료하는 「REN」이, 지금은 나만을 위해 포징을 한다.

……이 얼마나 사치스러운 시간인가. 조금의 우월감과, 그리고…… 점점 커지는 흑심을 숨길 수 없는 날 제쳐두

고, 렌은 계속한다.

드레스 끝자락을 걷어올린 렌의 허벅지가 보인다. 소, 속옷이 보일지도 모르는데? 그렇게 아슬아슬한 곳까지 보여줘도 되는 거야? ……엄청, 야한데.

이런 렌의 모습을 카메라맨이나 매니저 같은 촬영 관계자들이 보는 거야?

……아무리 렌이 프로 모델이라도…… 여, 여자친구 입장에선 걱정되는 게 당연한 거지?

"……레, 렌? 실제 촬영 때도, 그런 느낌이야?"

"그야, 그런 지시가 있으면 하지. 일단은 프로니까."

담담한 대답을 듣자, 마음속에서 무언가 불이 붙는 듯한 느낌이 들었다.

모양이 잘 잡혀있는 렌의 가슴도, 매끄러운 허벅지도, 새하얀 목덜미도 전부 내 것인데. 사실은 나한테만 보여줬으면 하는데.

……하지만, 일이라면 어쩔 수 없지. 더 많은 사람이 렌의 매력을 알고, 「REN」의 인기가 많아졌으면 하는걸.

"그, 그렇구나……."

그러니까, 내가 참견하는 건 좋지 않을 거야. 가슴 한 켠이 조금 답답하지만, 렌의 일을 전력으로 응원하는 마음은 한치의 거짓도 없고, 이해심 없는 연인이 되고 싶지도 않아.

마지막까지 방해하지 않고 「REN」을 보는 것에 집중하자.

이런 기회, 다시는 없을지도 모르는 걸.

"그럼, 계속할게."

―그렇게 생각했는데.

포징을 다시 시작한 렌에게서 눈을 떼지 못하는 나는, 독점욕과 성욕에 집어 삼켜질 것만 같았다.

모양이 잘 잡혀있는 가슴의 감도가 무척 좋은 것.

목덜미를 입술로 쓸 때의 목소리가 무척 귀엽다는 것.

예쁜 허벅지의 감촉이 좋은 것도…… 나만이, 알고 있다.

모처럼 렌이 일할 때의 모습을 재현해주고 있는데, 내 머릿속은 점점 야한 것만 생각하려고 한다. ……렌이 선정적인 표정으로 바라보니까, 내 얼굴도, 배 안쪽도, 점점 뜨거워진다.

난 렌을, 부정한 눈으로 볼 수 밖에 없다. 부정할 여지도 없이 욕정하고 있다.

렌은 내 고집을 들어준 것 뿐이고, 내가 여기서…… 참지 못하면 렌에게 실례가 될 거라며, 간신히 남아있는 이성을 붙잡고 있었다.

―하지만.

"렌."

둘만 있는 방에서, 정말 좋아하는 여자친구가 침대 위에서 살결을 노출하고 있는 상황에서.

평정심을 유지할 수 있을 리 없었다.

"······시노."

렌이 날 부르는 목소리조차 등줄기를 타고 오르는 달콤한 전율이 되었다. 문득 정신을 차리고 보니, 나는 평소보다 넓은 침대 위에 렌을 넘어뜨리고 있었다.

렌은 그 큰 눈동자로 날 바라보며 웃었다.

"······드레스, 구겨질텐데?"

"괜찮아. 금방 벗길테니까."

"······하하, 의욕 넘치네."

놀리는 듯한 어투로 지적받았지만, 그 말은 사실이니까 반박할 수 없다. ······아니, 반론할 필요도 없다.

그럴 시간이 있다면, 나는 사랑을 속삭이는 걸 우선시할 것이다.

피어스가 달려있는, 예쁜 형태를 한 렌의 귀를 만진다. 그것만으로 렌의 몸이 튕기는 것을 보고 더욱 고양된다.

"있잖아, 렌."

붉게 달아오른 귀에 입을 맞추고 속삭인다.

그건 나만이 입에 담을 수 있는 렌을 향한 최대의 고집이자, 지금부터 우리가 하나가 될 행위를 위한 신호이기도 하다.

"지금부터는 나밖에 모르는 렌을 보여줘."

제1화 "그럼, 나…… 참지 않아도 되는 거지?"

나에겐 여자친구가 있다.

상냥하고, 멋지고, 인기 많은.

나한텐 아까울 정도인 그녀와는 고등학생 시절부터 사귀고 있다.

장기 연애다보니 싸울 때도 있지만, 이른바 권태기나 바람 같은 건 우리와는 연이 없는 이야기라고 생각하고 있다.

옛날, 누군가가 「연애 감정은 길어도 3년 정도 밖에 지속되지 않는다」라는 설을 주장했다고 들었지만, 나는 믿지 않는다.

그도 그렇게, 지금도 계속 난 여자친구— 시라유키 렌에게 푹 빠져있고, 「좋아」를 갱신하고 있기 때문이다.

이대로 몇 년이 더 지나도 쭉 같이 있고 싶다고 생각한다. 렌을 향한 내 마음은 더 강렬해질 뿐이다.

솔직한 심정을 말하면, 이 감정을 매일 얼굴을 직접 보며 렌에게 전하고 싶다…… 그렇게 생각하고 있는데.

이런 간단해 보이는 소원조차도 이루기 어렵다는 게 사회인이라는 걸 취직 1년 차에 알게 되었다.

올해 3월에 대학 교육학부를 졸업하고 반년.

나는 지금, 수학 교사로서 도내의 고등학교에 근무하고 있다.

"시노 선생님—! 안녕히 계세요—!"

기운차게 손을 흔드는 학생에게, 나도 손을 흔든다.

"조심히 돌아가렴."

학생들은 날「시노 선생님」이라 부른다.

선생님으로서의 위엄이 조금 부족할지도…… 라는 복잡한 심정이 없는 건 아니지만, 친밀감을 담아 불러주고 있는 것이니 기쁘다.

복도를 걷자, 방금과는 또 다른 학생이 말을 걸었다.

"시노 선생님, 우리 반 담임 해줘~. 공부할 의욕도 생기고, 힘낼 수 있고!"

"고마워. 그렇게 말해주는 건 기쁘지만, 난 아직 담임을 맡을 수 있는 정도는 아니니까……."

학생은 볼에 바람을 넣고 부풀리며, 작게 한숨을 내뱉었다.

"그럼 이야기라도 들어줄래? 어제 부활동에서 말이야—."

"그래. 그럼 다른 곳에서 할까? 수학 준비실 어때?"

학생들과는 연령대가 가까워서 그런지, 자주 상담 요청이 들어온다.

전혀 싫지 않고, 날 의지해 준다는 사실에 보람도 느끼지만, 고등학교 교사란 내가 생각했던 것보다 일이 많고, 바쁜 직업이란 걸 절실히 느낀다.

그렇다곤 하지만 학생들은 귀엽고, 동료도 좋은 사람들이고, 매일이 충실하다.

그러니까 현 시점에서 난 감사하게도 일에 대해 불만은 없다……라고, 단언하고 싶지만.

—그럼, 다음에 만날 수 있는 건…… 2주 뒤구나.

마지막에 만났을 때 렌이 한 말을 떠올리고는 풀이 죽는다.

기본적으로 주말에 쉬는 나와, 휴일이 부정기적인 렌.

렌과 휴일이 겹치지 않아 만날 수 있는 시간이 줄어버린 건, 교사라는 직업에 대한 유일한 불만일지도 모른다.

학생들의 상담을 하다 보니 귀가가 늦어져 버렸다.

뒷정리를 끝내고, 아직 일하는 중인 다른 선생님들에게 인사를 한 뒤 교무실을 나왔다.

대부분의 학생들이 귀가한 후라 낮보다 조용해진 교사를 걷고 있자, 문득 자신이 고등학생이었던 시절을 떠올린다.

고등학교라는 장소에는, 특별한 애착이 있다.

고등학교 1학년 때 만나 연인이 된 렌과는 학교에서 많은 추억을 쌓았으니까.

내게 다가온 남학생에게 곤란해하고 있던 때 도움을 준

렌은, 무척 멋있었지.

두통이 심해 보건실에서 자고 있었을 때, 걱정된다며 날 살피러 와준 렌의 상냥함이 기뻤지…… 그리고, 보건실 침대에서…… 해버렸지만.

체육 수업이라든가, 렌은 운동 신경이 좋으니까 언제나 눈에 띄었고, 무의식 중에 눈으로 그녀를 쫓고 있었다…….

아. 도구를 정리할 때, 체육 창고에서 렌이 날 부추긴 적도 있었지…….

……직장에서 떠올리면 안 되는 게 많을지도.

난 뜨거워진 볼을 감추듯 누른 채, 학생이나 동료와 마주치지 않기를 기도하며 걸음을 재촉했다.

통근길에 있는 저녁 재료를 사고 집에 돌아가는 게 언제나의 루틴이다. 오늘도 장을 본 뒤 귀가했다.

"다녀왔습니다―."

그렇게 목소리를 내어봐도, 「어서 와」가 돌아오는 일은 없다.

정적의 방에 불을 켜고, 아침과 달라진 데 없는 광경에 한숨을 흘린다.

나는 사회인이 되고나서 혼자 자취를 시작했다.

요리는 열심히 하고 있는 편이고, 주야역전의 생활도 하고 있지 않다. 제대로 된 생활을 하고 있다고 자부할 수 있다.

하지만, 외로움을 느낄 때가 적지 않다.

예를 들면 이렇게 「다녀왔습니다—」를 말해도 아무런 반응이 없다든가, 아침에 눈을 떴을 때 「좋은 아침」을 말할 상대가 없다든가.

기분 전환이 되게 저녁밥은 갈은 고기를 잔뜩 넣은 볼로네제를 만들자. 자취는 아무도 신경 안 쓰고 마음가는 대로 행동할 수 있다는 메리트가 있으니까!

손을 씻고, 편한 옷으로 갈아입는다.

조리를 시작하기 전에 스마트폰을 체크한다.

'일 끝났어. 이제 집 가려고.'

학교에서 나올 때 렌에게 보낸 메시지는 아직 읽지 않았다.

렌은 오늘도 촬영이라 말했었고, 바쁜 거겠지.

고등학생 때는 이렇게 답장을 기다리는 일은 별로 없었는데. 사회인이 되고 나선 이게 보통이 될 거라고 생각도 못했다.

누군가에게 좀 알려주지 그랬냐고 불평을 늘어놓고 싶을 정도로, 지금 우리의 환경은 학생 때와는 완전히 달라졌다.

방금 막 기분전환 하자고 결심했는데. 읽음 표시가 뜨지 않은 것만으로 내 마음은 간단히 무너진다.

합법적으로 렌을 섭취하고 싶어진 나는, 거실에 둔 잡지 선반에서 한 권을 꺼내…… 접어둔 페이지를 펼쳤다.

잡지 속에서는 내 연인이, 대담하게 웃는 얼굴로 나를— 아니, 이 페이지를 펼친 불특정다수의 사람들을 응시하고 있다.

……정말, 내 연인은 왜 이리 멋질까.

몇 년 지나도, 몇 번 봐도, 다시 반하게 된다.

렌은 전문학교를 졸업하고 패션모델 「REN」으로서 활약하고 있다.

얼굴도 예쁘고, 스타일도 좋고, 존재감도 있고, 승부욕 넘치고. 렌에게 있어서 모델은 천직이라고 생각한다.

언제나 렌을 볼 수 있게, 잡지는 손이 닿는 범위에 두고 있다. 이렇게 만날 수 없는 날이 이어지거나, 외로워서 어쩔 수 없는 밤엔 멋지게 꾸며 입은 렌을 보고, 「렌도 힘내고 있어」라 스스로에게 말하며 마음의 구멍을 메운다.

종이 위로 렌의 얼굴을 만진다. 몸을 만진다. 당연하지만, 종이의 매끈한 감촉이 내 손 끝에 닿을 뿐이다.

……역시 진짜 렌을 만지고 싶다.

다시 한번 한숨을 내뱉었다.

고등학생 때보다 키가 큰 렌은, 지금은 나보다 3센치 정도 크다.

키가 커졌다곤 하지만, 지금도 내가 렌을 안고 있다

……이렇게 멋진데…… 침대 속에선 무척 귀엽단 말이지.

—라니, 안 돼. **그때**의 렌의 얼굴이나 목소리를 떠올렸더니 얼굴이 달아올랐다.

안 그래도 참아야 할 시간이 긴데. 렌과 만날 수 없는 밤에 이렇게 심장이 뛰어선 괴로워질 뿐이다.

"자, 자! 밥해야지."

아무도 없는데 일부러 소리 내어 말한 건, 번뇌를 떨치고 요리에 집중하기 위해서다.

사온 재료를 에코백에서 꺼내, 하나씩 정성스럽게 조리한다. 수학과 마찬가지로, 요리는 레시피를 지켜 순서대로만 하면 제대로 완성할 수 있다는 점이 좋다.

게다가, 내가 만든 요리를 렌이 언제나 맛있게 먹어주니까.

……또 렌을 떠올려 버렸다.

렌은 이미 내 생활의 일부가 되어 있어서, 이곳에 없어도, 만날 수 없는 시간이 길어도, 내 마음속에 살고 있다.

이 볼로네제도 사실은 같이 먹고 싶었는데, 라고 생각하자 스마트폰이 울렸다.

급히 확인하자 렌으로부터의 메시지가 와 있었다.

'고생했어. 난 아직 촬영 중. 길어질 것 같아.'

렌은 아직 일하는 중인 것 같다. 모델 일은 불규칙적이고, 이야기를 듣고 있으면 정말 힘들어 보인다.

'고생이네. 힘들겠다. 파이팅! 응원하고 있으니까.'

이모티콘과 함께 보낸 메시지. 뭔가 무척 남의 일처럼 느껴져서 스스로가 답답하다.

진심으로 렌을 응원하고 있는데, 메시지만으로는 잘 전달할 수 없다.

렌의 얼굴을 보고 말하고 싶다.

하지만, 사회인이 된 이후부턴 그게 무척 어렵게 됐다.

나와 렌의 휴일이 겹치는 일은 거의 없다. 이유가 없어도 매일 만날 수 있던 고등학생 시절은, 지금 생각하면 정말 호화스러웠을지도 모른다.

그 시절의 우리가 부럽지만, 과거로 돌아가는 건 불가능하다.

렌도 힘내고 있고, 난 나대로 할 수 있는 걸 해야지.

뭣하면 렌을 먹여살릴 수 있을 정도로 일하고 싶다. 렌에게 무슨 일이 있었을 때, 내 존재가 안심의 재료가 되었으면 하는 걸.

렌은 내가 일하는 모티베이션이다. 집에서 하려고 가지고 온 일들을 얼른 시작하기 위해 요리 스피드를 올렸다.

그리고 따분함을 느끼며 혼자 밥을 먹고, 정리가 끝난 타이밍에 렌으로부터 「일 끝났어—」라는 메시지가 왔다.

딱 한 문장으로, 내 마음이 확 밝아졌다.

렌은 지쳐 있겠지, 그만두는 편이 좋으려나…… 라며 망설였지만, 목소리가 듣고싶었던 나는 욕구에 지고 말았다.

'오늘 전화해도 돼……? 렌이 편한 시간에 맞출 테니까.'

조심스럽게 메시지로 물어본다.

거절당하면 충격이겠지만 어쩔 수 없다. 두근거리며 답을 기다리고 있자 스마트폰이 진동했다. 메시지가 아니다. 전화다.

"여, 여보세요?! 렌?!"

설마 렌 쪽에서 바로 걸어 주리라고는 생각도 못했기에, 놀람과 기쁨으로 목소리가 갈라졌다.

그런 날 보고 웃는 목소리가, 전화 너머로 들렸다.

'핫, 뭐야. 그렇게 내 목소리가 듣고 싶었어?'

날 놀리면서도 상냥함이 묻어나오는 렌의 목소리.

당장 만나고 싶은 마음이 몸 전체를 지배해, 입술 밖으로 흘러넘칠 것만 같다.

모처럼 참고 있는데. 그렇게 말해주면…… 솔직한 마음을 부딪치지 않고선 참을 수 없게 된다.

"으, 응…… 그야, 최근 전혀 만나지 못했고……."

'그렇네. 나도 얼른 시노랑 만나고 싶어.'

……오히려, 전화라 다행일지도 모른다.

지금 여기에 렌이 있었다면 내 달아오른 얼굴을 보고 날 부추겼을 게 분명하고, 난 못 참고 렌을 밀어 덮쳤을 것이다.

렌이 일로 지쳐있다든가 다음 촬영이라든가 생각도 않고 엉망으로 만들었을 것이다.

뇌리에 스치는 불순한 망상을 렌에게 들키기 전에, 화제를 돌린다.

"다…… 다음에 만나는 건 토요일이지. 일은 괜찮을 것 같아?"

'아―, 지금은 괜찮을 것 같아. ……기대되지?'

"응! 엄청!"

'하하. 나도 기대하고 있어. ……여러모로.'

……「여러모로」의 내용은, 굳이 묻지 않아도 알 수 있다.

렌이 **그런 의미**로 말한 것이라 이해하는 것 정도는 가능한 어른이 된 나는, 빨라진 심장 소리를 자각하면서도, 렌과의 대화에 집중하기 위해 주의를 기울였다.

'그럼, 잘 자.'

"잘 자, 렌."

조금 아쉽지만, 시간은 한정되어 있으니까.

몇십 분 정도 이야기를 나눈 후 전화를 끊은 뒤, 좀 더 이야기하고 싶었다는 감정은 당연히 끓어올랐지만, 신기하게도 오늘 하루의 피로나 외로움은 어딘가로 사라져 버렸다.

역시, 렌은 대단하다.

목소리만으로 내가 이렇게 기운 나게 해주는 걸.

토요일까지 앞으로 사흘. 타임 슬립이 가능하다면 좋을 텐데라고, 이루어질 리 없는 소망을 품으며 욕실로 향했다.

다음 날. 2학년 수업을 끝내고 교실을 나온 날 3명의 여학생이 멈춰 세웠다.

"시노 선생님, 질문이 있습니다─."

"네, 뭔가요?"

모르는 걸 바로 질문해주는 건 무척 좋은 경향이다. 그렇게 생각했는데, 학생들은 서로의 얼굴을 보며 웃었다

"시노 선생님, 뭔가 좋은 일이라도 있었어?"

완전히 예상을 벗어난 질문이었다. 수업과는 전혀 상관없는 질문에, 알기 쉽게 동요해 버린다.

"으응?! 어, 어째서?"

"그야, 엄청 웃고 있잖아. 오늘은 계속 기분 좋아 보이고."

그 아이의 지적에 대해, 다른 둘도 동조한다.

"맞아—. 진짜 알기 쉽지."

"시노 선생님은 그런 부분이 귀엽지—."

학생들의 이야기가 달아올라 시끄러워진 복도가 수습이 불가능할 지경이 됐다.

"스, 스톱! 아, 아무것도 아니야! 보통! 입니다!"

"그래? ……그래서? 연인이랑 데이트 예정이라도 있는 거 아냐?"

……정곡이지만, 어, 어떻게 안 거지?

학생들한테 다 들킬 정도로, 기쁨이 얼굴에 나와 있었다는 건가? 부끄러워서 얼굴이 뜨거워진 걸 깨닫는다.

"이, 이 이야기는 끝! 다, 다음 수업 시작하니까, 얼른 교실에 돌아가야지? 응?"

이야기를 억지로 중단시키고, 학생들이 교실에 돌아간 걸 확인하고 나서야 안도의 숨을 내쉬었다.

—데이트는 오늘이 아니다. 정확히는 이틀 뒤.

그런데도 지금부터 이렇게 두근대다니, 나도 참 성미가 급하다.

……하지만 실제로, 기대되어서 어쩔 수 없다.

23살의 사회인인데도, 마음은 마치 고등학생…… 아니, 초등학생으로 돌아간 것처럼, 난 그 날을 손꼽아 기다리고 있다.

◇

　토요일, 14시. 맨션의 인터폰이 울렸다.

　방을 깨끗하게 청소하고 렌의 방문을 안절부절 기다리고 있던 나는, 모니터에 비친 렌의 모습에 가슴이 미어졌다.

　"네, 네에."

　'왔어. 문 열어줘.'

　모니터 너머에서부터 이렇게 두근거리다니. 실제로 렌과 만나면 난 이성을 붙잡을 수 있을까?

　"지, 지금 열게."

　오토록을 해지하자, 렌이 입구로 들어온다.

　심호흡을 하고, 렌이 엘리베이터로 올라오는 걸 기다린다. 두 번째 인터폰이 울리고…… 현관문을 열자, 사랑스러운 연인이 서 있었다.

　"여어, 오랜만."

　—렌이다. 진짜 렌이 눈앞에 있다.

　지금 당장 꼭 껴안고 싶은 기분을 억누르고, 집 안으로 들인다.

　"어, 어서오세요. 들어오시죠."

　"하하, 변함없네. 가게도 아니고."

　고등학생 때, 처음 렌이 집에 자러 온 날과 같은 대화를 반복하고 있다는 걸 깨닫고, 우리는 웃었다.

다만…… 대화 내용은 같은데, 지금 우리는 조금은 어른이 되었다.

휴일을 확인하며 일정을 맞추고, 부모의 허가 없이 집에 사람을 부르고, 같이 자고.

……그래, 이번 데이트는 최근엔 거의 하지 못했던, 내일 점심까지 렌과 함께 있을 수 있는 예정이었다. 내가 들뜨지 않을 수 없다.

"드, 들어와……."

"실례합니다—."

렌의 뒤를 따라 거실로 향한다. 렌은 이 집에 몇 번이고 왔으니, 어디에 뭐가 있는지 전부 알고 있다.

"아, 또 잡지가 늘었네."

잡지 선반을 본 렌이 말한다.

"그, 그야 모델 일을 할 때의 「REN」은 정말 멋진 걸. 게다가 렌을 실어준 잡지의 판매 실적에 공헌하고 싶고!"

"뭐, 고맙긴 하지만…… 언제든 진짜랑 만날 수 있는데도?"

그렇게 말하고는, 렌이 내 볼을 만진다. 렌의 팬이 본다면 무척 부러워할 만한 서비스를 받으며, 죄악감마저 느껴버릴 것 같다.

"괘, 괜찮아! 렌도 REN도, 난 정말 좋아한다구!"

"욕심쟁이라니까—."

날 놀리는 듯 웃는 렌의 겉옷을 받아 옷걸이에 걸자, 렌이 무언가를 건네준다.

"선물. 과자랑 술 가져왔어."

"와…… 기뻐. 고마워, 렌."

술은 잘 모르니까 레드 와인이라는 것밖에 모르지만, 과자는 비싸지만 맛있는 유명 쿠키였다.

"술은 저녁 먹을 때 같이 마시자. 쿠키는 지금 접시에 꺼낼테니까 잠시만 기다려."

"응. ……저녁까지 시간 있는데, 지금부터 뭐 할래?"

접시를 꺼내려던 내 손이, 한순간 멈춘다. 렌 쪽을 보자, 소파에 기댄 채 날 보고 있었다.

가슴이 요동친다. ……날 유혹하고 있다고 생각해도, 괜찮을까?

용서받을 수 있다면 지금 당장 끌어안고, 키스하고, 덮치고 싶다.

렌의 매끄러운 피부를 쓰다듬고 싶다는 충동이 몸 전체에 맴돈다.

하지만 만지기 시작하면, 나…… 한 번으로 멈출 자신이 없다.

힐끔 시계를 본다.

시간은 아직 14시가 조금 넘었다. 오늘은 하루종일, 렌과 함께 있을 수 있다.

그렇다면…… 모처럼 오랜만에 만났기도 했고, 집 데이트를 확실히 만끽하는 편이 좋을 것 같다는 생각이 든다.

"그…… 그렇네……. 과자 먹으면서 영화라도 볼까? 렌은 커피랑 홍차 중에 뭐가 좋아?"

고등학생 때라면 유혹에 져서 바로 덮쳤을지도 모르지만, 난 이제 23살이다. 어른으로서, 교사로서 평소엔 학생들과 접하고 있기도 하고, 조금은 여유를 가지고 행동해야지.

어른은 참을성 있는 생물……일 테니까.

빙긋 웃으며 렌에게 제안하자,

"……홍차, 부탁할게."

렌은 조금은 불만인 듯, 그렇게 답했다.

과자와 마실 것을 준비하고 렌 옆에 앉았다. 2명의 체중으로 소파가 가라앉는 것만으로 기뻐하는 난 단순한 여자다.

"자, 여기."

"땡큐."

컵을 건넬 때 손가락이 닿았다. 소파에 앉는 내 좌반신에, 렌의 우측이 딱 붙어있다.

그저, 그것뿐인데.

렌의 체온을 느끼는 것만으로 심장 박동이 빨라진다.

렌과 교제하고 벌써 몇 년이나 지났는데, 그녀는 언제나 나를 이렇게나 두근거리게 한다.

익숙해지지 않는 게 신기하다. 분명 그만큼 렌이 매력적이고, 내가 렌에게 푹 빠져있는 거겠지.

"재밌다는 영화를 소개받아서—."

리모컨을 조작하는 렌의 옆 얼굴을 넋 놓고 본다.

귀엽다고 생각한다. 멋있다고 생각한다.

……야한 얼굴이 보고싶다, 라고, 생각한다.

"……시노, 왜 그래?"

내가 지금 어떤 기분인지 다 알고 있는 듯한 얼굴로, 렌은 웃는다.

난 옛날부터 렌의 이런 도발적인 표정에 약하다. 빨려들어가는 듯 렌에게 다가가…… 정신을 차리고 보니 키스를 하고 있었다.

입술을 떼면, 따뜻함은 바로 사라져 버린다. 그렇다면 쭉 붙어 있으면 된다, 라며 몇 번이고 쪼아 먹듯이 키스를 하고 있자, 더 깊이 렌에게 닿고 싶다는 욕구를 참을 수 없게 됐다.

부족해. 렌을 더 느끼고 싶어. 혀로 렌의 입술을 열고 들어가려 하자, 그녀는 너무나도 간단히 내 침입을 허락했다. 표면보다 훨씬 따뜻한 입속으로 들어간 나는, 녹아버릴 것만 같은 안락함을 눈을 감은 채 탐한다.

달콤하고, 기분 좋다. 언제까지고 이렇게 있을 수 있다.

간혹, 렌의 입술 사이로 새어나오는 목소리가 내 귓불에 닿을 때마다, 욕망투성이가 된 내 몸의 세포가 기뻐하며, 모든 걸 렌에게 부딪치고 싶어진다.

"······시노······."

보통이라면 내 이성을 손쉽게도 날려버리는 렌의 목소리에, 정신이 들었다.

이대로 안아버리고 싶지만, 아직 낮이고······ 오랜만에 만나서 바로 이렇게 달려들어서야, 조금, 어른인데 좀 그렇다고 생각될지도 모른다.

방금 막 참았는데, 두부 같은 의지로는 안 되지. 렌은 어제도 늦게까지 일했으니, 아직, 참아야 해.

몸을 뗀 날 보고 렌은 놀란 듯한 얼굴을 하고 있었지만,

"레······ 렌이 추천하는 영화는 뭔데? 하, 학생들 사이에서는 「캐러멜 좀비」란 영화가 유행하고 있는 것 같던데. 타이틀로는 예상이 안 가지만, 로맨스물이래."

내 의도가 전해진 건지, 슥 몸이 떨어진다.

"······아, 「FAKE」라는 거. 시노도 마음에 들어할 거라 생각해."

조금 홍조를 띤 뺨 그대로, 렌은 시선을 텔레비전으로 되돌렸다. 이런 앙큼한 연인이 허락해 줬는데도 잘 참은 나 자신을 칭찬하고 싶다.

"아, 그것도 학생들이 재밌다고 하는 거 들은 적 있어. 어떤 내용이야?"

"주인공이 선천적으로 눈이 안 보여서······ 그러고 보니 시노는 말이야─, 학생들하고 꽤 사이좋아?"

"응? 어, 어떨까…… 그렇다면 좋겠다고는 생각하는데……."

"……후음……."

고개를 갸웃한다. 어디에서든 인기인이 될 수 있는 렌과는 달리, 난 예전부터 친구도 적었으니, 학생들한테 괴롭힘 당하지는 않을까 걱정해 주는 걸까?

"괘, 괜찮아! 제대로 선생님처럼 하고 있으니까, 걱정하지 마!"

"아니, 그런 뜻이 아니라…… 뭐, 됐어. 영화나 보자."

렌은 뭔가를 말하고 싶은 듯 했지만, 그 후로 그 화제는 꺼내지 않은 채 우린 영화를 보기 시작했다.

렌이 말한 추천 영화는, 구독자 한정 공개의 조금 B급인 서스펜스 영화였다. 꽤 재밌긴 했지만…….

나는, 왼쪽에 앉은 렌의 얼굴을 훔쳐본다.

영화 도중, 몇 번이고, 몇 번이고 렌의 얼굴을 보게 된다.

큼지막한 눈동자를, 기다란 속눈썹을, 새하얀 피부를, 시원한 콧대를, 넋 놓고 보게 된다.

─이 예쁜 얼굴이 무너지는 걸 보고 싶다. 내게 안겨서 쾌락에 젖은 모습을 보고 싶다.

아까, 「잘 참은 나 자신을 칭찬하고 싶다」라고 생각한 지 아직 조금밖에 지나지 않았는데, 그때의 선택을 이렇게나 빨리 후회하다니 한심하다.

괴로워하며 영화를 보고 있으니, 내용에 집중할 수 있을 리 없다.

내 쪽에서 영화 보자고 제안해놓고, 영화는 확실히 재밌는 스토리라고는 생각하는데.

어깨에 닿는 렌의 체온에, 내 머릿속은 불온한 생각으로 가득 차 있었다.

전혀 집중하지 못한 영화가 끝날 쯤엔, 저녁 준비를 시작하기에 좋은 시간이 되어 있었다.

"꽤 재밌는 영화였네."

기지개를 펴며 렌이 말한다.

"으, 응. 재밌었어."

그렇게 대답은 했지만, 내용은 그다지 기억에 없다……라고는 말할 수 없었다.

영화 내용에 대해 말하게 되면 들킬 것 같아서, 화제를 바꾸려 했다.

"슬슬 저녁 준비할게. 렌, 오늘은 뭐가 먹고 싶어? 렌이 좋아하는 걸로 만들려고."

자취도 익숙해졌고, 요리 스킬도 조금씩 오르고 있다고 자부하고 있다.

전에 만들어줬을 때보다 기뻐해줄 거라 기대하며, 오늘은 기합을 넣어 렌을 위해 요리할 생각이다.

"음— 나도 같이 만들래."

렌의 대답은 내 예상과는 달랐다.

"어? 어, 어째서? 렌은 어제 늦게까지 일한 데다가 손님이니까 내가 만들게."

"아니, 뭐랄까…… 요리하고 있는 시노를 보는 건 좋아하지만, 같이 만드는 편이 가까이 있을 수 있으니까. ……안 돼?"

그렇게 말하고 내 얼굴을 보는 렌에게, 심장이 뛴다.

렌이 그렇게 물어줬는데 내가 안 된다고 말할 수 있을 리 없다.

"우으…… 당연히 괜찮지이……."

"그래? 땡큐, 시노."

렌이 날 설레게 하려고 작정한 것 같다.

그보다, 이 히죽대는 얼굴. 예쁘지만 장난기 가득한 이 얼굴! 무척 좋아하지만, 절대로 확신범이다……!

"그, 그래서, 렌은 뭐가 먹고 싶어?"

렌은 팔짱을 끼고 생각한 후,

"그렇네— 가라아게라든가?"

"응, 좋아. 하지만 튀김인데 괜찮아? 식단관리라든가."

렌은 날씬하고, 내가 봤을 때 무척 말랐다고는 생각하지만, 모델 업계는 나 따위는 상상도 할 수 없을 정도로 날씬한 체형을 한 사람이라든가, 미의식이 높은 사람이 잔뜩 있다고 렌한테 들은 적이 있다.

피부의 컨디션이나 체중을 생각해서, 렌은 전과 비교했을 때 기름지거나 달콤한 걸 그다지 먹지 않게 되었다.

그런 프로 의식을 지닌 렌을, 난 대단하다고 생각하고, 좋아한다. 그러니까 내가 렌의 발목을 잡아서는 안 된다.

"관리는 하고 있지만, 오늘은 괜찮아. 시노와의 데이트에선 **참지 않는다**라고 정했단 말이지. ……**난**."

의미심장한 시선을 받고, 심장이 떨어진다.

"너, 너무 참는 것도 몸에 안 좋으니까."

"그렇지. 참는 건 좋지 않아…… 그치?"

렌의 검지가 내 입술에 닿아, 꾹 하고 눌린다.

뭘 의미하는 건지 알지만…… 아직, 안 돼.

지금 렌을 원해버리면, 오늘의 내 결심은 물거품이 된다…… 게다가, 저녁을 만들 체력이 없어질 수도 있고.

머릿속에 늘어놓은 변명으로 자기 자신을 설득하고, 렌의 손가락을 잡아 입술에서 떼내었다.

"그, 그런가아. 샐러드도 만들게. 양상추 잔뜩 넣을까?"

"……응."

"나, 앞치마 두 개 갖고 있으니까 렌도 써. 자, 이거."

렌에게 앞치마를 건네고 자신도 앞치마를 입고 있자, 갑자기 안겨 목소리가 나왔다.

"무, 무슨 일이야?"

"딱히—? 시노가 앞치마 끈을 제대로 묶지 못하니까, 고쳐주려고 했지—."

"뒤, 뒤에서 묶는 타입이니까, 앞에서 끌어안을 필요는 없지 않아……?"

"뭐야. 불만이야?"

"아, 아니야! 두근거려서 요리에 지장이 가면 어떡하나 싶어서……."

솔직하게 말하자 렌은 만족한 듯, 하얀 이를 보였다.

"처음부터 그렇게 말해."

기분이 좋아진 듯 나한테서 떨어진 렌의 체온이, 아직 남아있다. ……아니, 그것만이 아니다. 렌의 가슴의 부드러움도 결국, 내 마음을 휘저어 놓았다.

작업을 분담하며, 우리는 저녁밥을 만들기 시작했다.

"고기에 분말 묻혔어—. 이거, 기름에 넣으면 돼?"

"아, 렌은 불 가까이에 서면 안 돼! 내가 할 테니까!"

"과보호야. 괜찮다니까."

"안 된다니까! 렌은 모델이니까, 화상 같은 거 보통 사람보다 두 배는 조심해야지!"

이 예쁜 몸에 상처를 내는 일은 결단코 있어서는 안 된다.

"……알겠어. 그럼, 채소 씻을게."

어린이 취급하지 말라고 불평할 거라 생각했지만, 렌이 순순히 따라줘서 안도한다.

"고마워, 렌."

"……어느 쪽이냐고 하면, 그건 내가 할 말이거든."

"그래? 그럼, 렌은 떨어져 있어…… 에잇."

가열한 기름 속으로 고기를 넣자, 치이익— 하고 좋은 소리가 났다. 조리할 때의 소리만으로 맛있다는 생각이 드는 음식은, 내 안에서는 가라아게와 햄버그가 톱일지도 모른다.

텐션이 오르기 시작했다. 콧노래를 부르거나 렌과 이야기하는 사이에 전부 익어서, 키친타올을 깔아둔 넓은 접시에 가라아게를 담는다.

"오오! 엄청 맛있어 보인다!"

눈을 반짝이는 렌이 귀여워서 웃음이 흘러 나온다.

"갓 튀긴 거야. 맛볼래?"

"볼래!"

"자, 아—앙."

"아— 웃, 뜨거!"

"미, 미안해. 후—후— 할 테니까!"

가만히 내 손을 보며, 움직임에 맞춰 입을 벌리는 렌. 아기에게 이유식을 먹이는 듯한 기분이 든다.

렌은 오물오물 씹고는, 꿀꺽 삼킨다.

"오, 맛있어!"

"정말? 다행이다—!"

렌이 맛있다고 말해주는 게, 역시 제일 기뻐. 안심하고 가슴을 쓸어내리자,

"……저기, 시노."

"응? 뭐어? 렌?"

렌은 뭔가 말하고 싶은 듯 했지만, 시선을 일단 가스레인지 쪽으로 돌리고는, 작게 숨을 뱉었다.

"아무것도 아니야. ……앞으로 얼마나 걸려?"

"그렇게 배고파?"

"배고픈 게 아니라— 뭐, 그렇긴 하네."

뭔가 분명히 말해주지 않는 느낌이 들었지만, 배가 고프다면 얼른 남은 요리를 만들어야지.

"조금만 더 하면 끝나. 빨리 먹고 싶다."

"응. 빨리 먹고 싶어."

렌의 시선이 내 쪽을 향하고, 난 미소 짓는다. 특별할 것 없는 대화 속에서 행복을 느낀다.

만약 렌과 살 수 있다면, 이런 대화도 당연하게 될까. ……같이 살게 되면 즐겁겠지.

라는 망상을 하며 완성한 스튜는, 내가 말하기도 뭐하지만 일품이었다.

완성한 요리를 테이블 위에 올리자, 렌은 신나서 목소리를 높였다.

"시노, 천재야?"

"렌이 도와줘서야. 받은 와인도 열게."

렌이 선물로 가져와 준 와인을 잔에 따랐다. 가라아게에 와인이라는 조합은 나한텐 처음이라, 기대로 미소가 번진다.

"왜 그래?"

"아니, 아무것도 아니야. 먹자."

둘이서 함께 손을 맞붙였다.

""잘 먹겠습니다!""

스튜를 한 입 먹는다. 음, 잘 만들었다고 생각한다. 게다가, 렌의 얼굴을 보며 먹는 밥은, 평소보다 훨씬 맛있게 느껴진다.

난 완전히 기분이 좋아져서, 이번에는 가라아게를 입으로 옮겼다. 렌의 보증이 있어서도 있지만, 나 스스로도 자신 있게 맛있다고 단언할 수 있다.

"스튜도 가라아게도 최고. 시노는 점점 요리 실력이 늘어가네."

"그, 그래애? 에헤헤…… 렌이 맛있다고 말하면서 먹어주니까, 요리의 모티베이션이 오르는 거야."

렌의 젓가락이 움직이는 걸 보고 기뻐진 나는, 칭찬을 순순히 받아들였다.

"일 때문에 지쳐서 돌아왔는데 요리까지 한다니, 진짜 존경해. 나라면 절대로 무리."

"매일 외식이나 도시락 사 먹는 게 더 귀찮게 느껴지는걸?"

"아니지, 직접 요리하는 게 더 힘들다니까. 뭐, 그래도…… 나도 시노랑 같이 살았으면, 널 위해 노력할 수 있을지도 모르겠네."

의도적인 건지, 무의식인 건지 모르겠지만.

처음 만났을 때부터 지금까지. 난 몇 번이고, 몇 번이고 렌 때문에 마음이 요동친다.

……나도 렌을 설레게 하고 싶어. 내가 렌을 좋아하는 마음과 같은 정도로, 렌도 날 좋아해주면 좋을텐데.

그렇게 바라면서 와인을 한 모금, 마셨다.

"와, 렌이 가져와준 술, 맛있다."

보통, 혼자 집에 있을 때 술은 마시지 않는다. 그다지 술을 즐기지 않는 나조차도 넘기기 쉬운 술이라는 건, 좋은 술인 걸까?

렌도 잔을 기울였다.

"정말이다, 맛있어. 이거, 촬영 스태프가 준 술이거든. 나도 잘 모르지만 꽤 좋은 거래."

렌은 와인을 마시는 모습이 무척 잘 어울린다. 그럴 듯하게 모양이 나오니까 멋있네, 라고 생각하며 또 한 모금 마셨다.

"그렇구나아. 나 같은 게 마셔도 되는 걸까아. 조금 아까운 기분이 들어."

"시노는 술이 세진 않으니까, 적당히 마셔."

"렌은 세잖아. 그런 부분도 멋있어."

식사와 술이 잘 넘어간다.

아아, 뭔가 행복하다아. ……조금 몸이 달아올랐을지도?

걸치고 있던 가디건을 벗었다.

"……어이. 벌써 취한 거야?"

렌이 걱정된다는 듯이 물었다.

"안 취했다구~? 그치만, 지금은 취해도 안심이야. 렌이 있잖아."

"……나 참. 내가 없을 때 밖에서 마시는 건 금지다? 너무 위험하잖아."

"위험하지 않아아. 이제, 어른인 걸."

이래보여도 성인이고, 평소엔 교사로서 성실하게 일하고 있고, 밥도 스스로 만들고 있다.

게다가, 렌이라면 모를까, 내가 인기있을 리 없잖아. 그러니까 그렇게 간단히 위험한 상황에 처할 일은 없을 것이다.

렌은 머리를 털며, 나한테도 들리도록 큰 한숨을 뱉었다.

"……시노는 자신에 대해 아무것도 모르지."

렌의 시선이 내 얼굴에서, 가슴으로 향하는 게 보인다. 갑자기 왼손을 잡아 전해져오는 따뜻함에 놀라며 렌의 얼굴을 보자, 반대쪽 손으로 허벅지를 만졌다.

"왜, 왜 그래……?"

취기가 돌고 있는데도, 렌이 만진 부분만은 민감하게 반응하는 자신의 몸이 신기했다.

"왜 그래, 가 아니잖아…… 그리고."

허벅지에 닿아있던 렌의 손가락이 내 몸을 덧그리듯, 배로, 가슴으로, 목으로 천천히 올라온다.

오싹한 쾌락이 몸에 울린다.

"내가 있으니까 안심이라는 거, 맘에 안 들어."

"……후에?"

올라온 손가락이, 내 턱을 잡고 있었다.

"난 경계 대상이 아니라는 거야?"

렌이 날 지그시 응시한다. ……어라? 기분 탓인가? 아까보다 렌의 얼굴이 가까워?

"그, 그렇지 않…… 읏."

말이 끝나기도 전에, 키스가 시작되었다.

"레, 렌? ……읍."

내가 말을 뱉는 걸 저지하는 듯, 렌의 키스가 멈추지 않는다.

평소보다 머리가 멍한 나는, 몸에 힘이 들어가지 않는다. 렌에게 만져지는 쾌락과 함께, 결국 소파에 넘어진 꼴이 되어 있었다.

"레, 렌…… 취했어……?"

렌과 같이 술을 마시는 건, 처음이 아니다. 렌은 나보다 훨씬 술이 세지만, 취하면 키스쟁이가 된다는 걸 알고 있다.

그러니까, 지금도 취한 게 아닐까 하고 생각했는데—

"이 정도로 안 취해. 왜 내가 이런 짓을 하는지 알고 싶으면…… 본인 가슴에 손을 얹고 잘 생각해보라구?"

그렇게 말하고 내 가슴에 닿은 건 내 손이 아니라 렌의 것이었다. 저도 모르게 이상한 목소리가 나온다.

"음…… 레, 렌……?"

"……저기 말이야―, 시노."

내 위에 올라탄 렌은, 날 내려다보며 입을 연다.

"……난 계속…… 시노가 나한테 손대는 걸 기다리고 있었거든."

도발적으로, 고혹적으로.

렌의 표정과 그 말은, 내 안에 있는 욕망의 전부를 휘젓는다.

알코올로 둔해진 사고회로를 믿을 수 없었기에, 렌의 발언의 의도를 확인하기 위해 입을 열어 물었다.

"……괜찮아?"

내 위로 올라탄 렌은, 조금은 부끄러운 듯 뺨을 긁적였다.

"괜찮고 뭐고, 이쪽은 원래부터 그럴 작정이었다고. ……솔직히, 영화에도 전혀 집중 못 했을 정도야."

"에……?"

렌도 나와 마찬가지로, 야한 생각만 하고 있었다는 거야?

"그, 그치만, 영화 끝났을 때 재밌었다고 말했지 않았

어……?"

"아니…… 시노 생각으로 머리가 가득 차 있었다고 말하면, 흑심 덩어리로 보일 것 같잖아. 그건 어른스럽지 못할거 같아서…… 뭔가, 말할 수 없었어. ……내 쪽에서 직접 부추기는 걸 주저했다 해야 할까……."

렌은 변명을 하는 것처럼 말했다.

—어쩜 이리도 귀여운 여자친구일까. 난 렌을 꼭 껴안았다.

"나, 나도 마찬가지야……! 실은 영화, 전혀 집중 못했고, 렌만 생각했어……!"

"……그렇다는 건, 시노도 똑같았단 거네?"

우리는 얼굴을 마주 보고, 동시에 웃음을 터뜨렸다.

어른이니까, 사회인답게……라든가, 오랜만에 만나서 집데이트니까 만끽해야지, 라든가. 머리로만 골똘히 생각할 필요 따위, 없었다.

나는 렌을 좋아하고, 렌도 날 좋아한다.

서로가 서로를 원한다면, 욕망을 부딪쳐도 괜찮을 거야.

그저 솔직하게 「좋아해」라고 전하는 것만으로 둘이 행복해질 수 있다면, 더욱 전하고 싶다고 생각했다.

처음 만났을 때와 마찬가지로. 고등학생 때처럼.

나이가 들어도, 우리의 마음은 무엇 하나 바뀌지 않았으니까.

나는 몸을 일으켜, 렌의 허리에 손을 두르고 다시 한번 확인한다.

"그럼, 나…… 참지 않아도 되는 거지?"

"응, 괜찮아."

"……안 멈춘다?"

렌은 뺨을 붉게 물들이며 내 귓가에 입술을 가져다 댔다.

"괜찮으니까, 얼른 사랑해줘."

부추기는 듯한 속삭임에, 내 몸이 전율한다.

지금 이 발언으로, 내 이성은 불타 없어져버렸다. 이성을 잃은 몸은 더 이상 눈앞의 여자친구를 사랑하는 것밖에 생각할 수 없다.

무아지경으로 키스를 하며, 내가 렌의 위에 올라타도록 자세를 바꾼다.

소파 위에 쓰러진 렌은, 볼에 홍조가 감도는 걸 보면 확실히 흥분한 것 같지만, 내 눈을 피하지는 않는다.

내가 어떤 얼굴을 하고 렌을 원하는지, 어떤 식으로 움직여 마음을 전하고 있는지, 내 모든 걸 그 큰 눈동자에 새기는 듯했다.

그런 몸짓 하나까지, 날 흥분시키는 요인밖에는 되지 않는데.

옷을 벗기고 있던 손을 멈추고, 렌의 볼을 만진다.

가볍게 키스를 한 후, 있는 대로 전부의 마음을 담아 전한다.

"좋아해, 렌. 정말 좋아해."

"……알고 있어. 그러니까 원하는 대로 해."

돌아온 대답과 키스는, 그녀가 나의 것임을 증명하는 신호가 된다.

입으로, 손가락으로, 가능한 한 전부의 애정을 담아서, 렌을 안는다.

평소엔 도발적이고, 입버릇이 나쁘고, 누구와도 사이가 좋고, 인기인이고…… 그런 렌은 지금, 내가 「좋아해」라고 전하는 것만으로, 내가 손가락을 움직이는 것만으로, 다른 누구도 들은 적 없는 목소리를 내며, 갸냘픈 몸은 본능에 따라 솔직한 반응을 보인다.

귀엽다고 생각한다. 사랑스러워서 참을 수 없다.

정말 좋아하는데, 소중히 하고 싶은데.

"……먼저 사과해둘게…… 미안, 해."

오늘은 나, 렌을 망가뜨릴지도 모른다고 생각했다.

커튼 사이로 비치는 아침 햇살을 무시하는 것도 한계가 있다.

"조, 좋은 아침, 렌."

"……좋은 아침."

눈을 뜬 렌은 기분 탓인지…… 아니, 틀림없이, 방금 막 일어났는데도 지친 것처럼 보였다.

"저, 저기…… 미, 미안해? 괘, 괜찮아……?"

"아— 무리야. 허리도 아프고, 너덜너덜해."

자신이 물어봐놓고…… 라고 할까, 엉망진창으로 안아버렸으면서, 사과하는 것도 이제 와서라는 느낌이 든다.

렌이 만신창이인 건, 어떻게 생각해도 나 때문이니까.

"그, 그렇지…… 오늘은 집에서 편히 쉴래……?"

"……그렇게 할래. 저녁부터 일도 있고."

스마트폰으로 업무 스케줄을 확인하는 렌을 보고, 죄책감이 밀려온다.

"외출 계획이었는데…… 나 때문에, 정말 미안해……."

오늘은 점심때까지 함께 있을 수 있다.

그러니까 조금 일찍 일어나서, 밖에서 여유 있게 점심이라도 즐긴 뒤 해산하자고 이야기했는데…….

어젯밤, 푹 빠진 내가 멈추지 못한 탓에, 렌에게 꽤 부담을 주고 말았다.

……사회인이니까, 다음날에 미칠 영향을 고려했어야 했다. 반성해야 한다.

풀이 죽어있자, 렌이 내 머리를 콩 때렸다.

"사과하지 마. 딱히 화나지 않았거든."

"그, 그치만…… 다, 다음엔 조심할게! 렌의 일을 방해하는 것만큼은 하고 싶지 않은 걸!"

"……그래서, 적당히 안는다고?"

올바른 답을 했다고 생각했는데, 렌은 조금 불만인 듯 했다.

"조, 조절할 수 있을지는 모르지만…… 노, 노력은 한다는 거, 입니다."

"그런 거 됐다니까. 그것보다……."

렌이 날 끌어당겨, 침대에 쓰러졌다.

놀란 내 목에 손을 두른 렌이, 귓가에 속삭인다.

"집 나갈 때까지, 아직…… 조금 시간 있는데?"

답이 하나로 정해져 있는 질문과 키스를 받고, 내 머리도 몸도 순식간에 **그럴 기분**이 되어 버린다. 렌과 닿는 부분부터 녹아드는 감각에 빠져들 때,

"……그래서? 어떻게 할래?"

—렌이 도발적으로, 웃는다.

30초 전의 결의조차 지키지 못하는 나는, 몹쓸 어른일지도 모른다.

"……렌이 나쁜 거다?"

어젯밤은 내가 나빴을지도 모른다. 하지만 지금은, 렌도 나쁘다.

우리는 다시 피어나버린 열을— 렌이 집을 나가기 직전까지, 서로 확인했다.

드디어 시간 제한이 다가와, 렌은 서둘러 준비를 마쳤다.

"그럼, 다음에 또 봐."

"응. 일 힘내."

맨션 앞에 택시를 불렀다. 현관에서 신발을 신고 있는 렌을 보고 있자 어떻게 해도 멈춰 세우고 싶은 자신의 욕심이 올라오는 걸, 필사적으로 가슴 속에 밀어넣는다.

"시노도. 또 연락할게."

일어나 얼굴을 가까이 하는 렌과 굿바이 키스를 한다. 닿기만 하는 상냥한 키스를 나눈 후, 렌은 작게 속삭였다.

"……가기 싫다."

"응…… 나도, 렌이 안 갔으면 좋겠어."

분명히 서로의 마음은 같은데. 그런 억지를 입에 담을 뿐, 실현할 수 없는 꿈이라는 걸 알고 있다.

"……그럼, 갈게."

"조, 조심히 다녀와."

철컥 소리와 함께 문이 닫힌다. 렌이, 방을 나갔다.

조용해진 방 안에서 나는 혼자, 방금까지 렌과 함께 있던 침대 위에 누웠다.

이제, 렌의 체온은 느껴지지 않는다.

그게 내 가슴을, 이렇게나 애달프게 한다.

같이 있는 시간이 즐거우면 즐거울수록, 혼자가 되었을 때의 반동으로 평소보다 더욱 외로워진다.

—렌과 좀 더, 같이 있을 수 있다면 좋을텐데.
그런 소원을 품은들, 외로움은 깊어질 뿐이다.

내일 수업 준비를 하자.
분명한 현실 쪽을 도피로 써버릴 정도로— 나는 오늘도,
사랑에 빠져있다.

제2화 "······드레스, 구겨질텐데?"

내 여자친구는, 어쨌든 귀엽다.

처음 만났을 때부터, 얼굴은 내 취향이라고 생각했지만.

점차 이야기를 나누는 사이가 되고, 사귀게 되어서.

난 그 녀석의 얼굴만이 아니라, 전부를 좋아하게 되었다.

목소리도, 부끄러움을 잘 타는 성격도, 성실하고 상냥한 부분도, 부드러워서 안으면 기분 좋은 것도, 그리고······ 얼핏 보면 줏대 없어 보이지만, 할 땐 날 공격적으로 밀어 넘어뜨리는 부분······도.

······아니, 이거에 대해선 생각하지 말자.

아직 일하는 중인데 몸에 열이 오르면 곤란하다.

"REN, 슬슬 다시 시작한다─."

매니저인 마지마 씨의 말에, 보고 있던 스마트폰을 가방에 넣었다.

"넵─."

오늘 촬영은 장시간이라 지치지만, 직전까지 시노의 사진을 보고 있던 덕분에, 휴식 전보다 기운이 나는 것 같다.

그런 단순한 효과가 나올 정도로. 뭐, 솔직하게 말하면.

고등학생 때부터, 지금까지.

나, 시라유키 렌은— 사오토메 시노를, 사랑하고 있다.

"시선 이쪽으로—! 더 도발적으로 부탁합니다!"

카메라맨의 지시에 맞춰서, 움직인다.

"REN, 좋아—! 그대로 머리카락을 손으로 쓸어 올려봐!"

지시대로 한쪽 손으로 앞머리를 쓸어 넘기자, 칭찬과 함께 몇 번이고 몇 번이고 셔터음이 울린다.

포징이란, 그대로 가만히 서 있는 자세를 의미하지 않는다.

모델은 최고의 그림을 제공하기 위해서 카메라맨의 지시를 듣고 자기 나름대로 생각해 섬세하게 움직이고, 카메라맨은 모델이 가장 빛나는 찰나를 기록하기 위해, 열의를 가지고 파인더를 들여다 보고 있다.

요구대로 잘 하면 합격점, 요구 이상의 것을 하지 못하면 모델로서의 수요는 없어진다.

그러니까 모델들은 평소에도 노력을 게을리하지 않고, 전력 이상으로 일에 임한다.

겉으로 보면 화려한 세계라고 생각될 수 있지만, 이 업계는 약육강식이라는 말로 가장 잘 설명할 수 있다.

고등학교를 졸업하고, 복식 전문학교를 나온 나는— 학생 시절부터 조금씩 도왔던 패션 모델로서의 일을 본격적으로 시작했다.

업무 시간은 불규칙적이고, 한겨울에 얇은 여름 옷을 촬영하는 일이 당연하니 힘든 점도 있지만.

요구되는 일에 대해 자신이 할 수 있는 한 성의껏 임하고, 그게 평가되는 업계는 의외로 싫지 않았다.

"좋아, REN! 최고야!"

카메라맨의 반응에, 점점 기분이 고양된다.

힘듦과 지침 그 이상의 즐거움을 느끼는 경우가 많아졌고, 피사체로서 무엇이 요구되는지 감각적으로 알게 되는 일도 늘었다.

설마하면 나는, 모델이라는 일이 적성에 잘 맞을지도 모른다고 생각하게 되었다.

그렇게 생각하게 된 건 의외로 최근인데, 실은 시노의 영향이 꽤 크다.

고등학교 교사라는 일에 대해, 내 입장에서 보면 믿을 수 없을 정도로, 시노는 어쨌든 온 힘을 다해 임하고 있다.

내 쪽이 2년 빨리 사회인이 되었지만, 시노가 저렇게나 힘내고 있는 모습을 가까이서 보고 있으면…… 나도 제대로 해야 한다는 생각이 든다.

그보다, 앞으로도 시노와 함께 있기 위해서는 더 돈을 벌어서, 시노를 부양할 수 있을 정도는 되고 싶다.

자기만을 위해서라면 이렇게까지 열심히 하지 못했을지도 모르지만, 귀여운 여자친구를 위해서라면 뭐든 할 수 있을 것 같다.

시노는 내게 있어서 최우선인, 특별한 존재니까.

◆

다음주 일은, 내겐 처음 분류되는 촬영이었다.

"포멀 드레스 특집이라니…… 왜 나한테 일이 들어왔을까. 나한텐 안 어울릴 것 같은데."

스케줄 표에는 「링크 허밀튼 호텔에서 촬영」이라고만 적혀있었다.

헤어 메이크 담당자에게 화장을 받으며, 촬영 내용에 대해 더 잘 확인해둘 걸 하고 후회해지만.

"무슨 소리야! REN이 꼭 입어줬으면 하니까 오퍼를 받은 거야! 평소엔 캐주얼한 모습을 인기를 끈 REN이 이런 드레스를 입음으로써 희소가치를 불러 일으켜서! REN을 동경하는 여자아이들이 「나도 이런 거 입어 보고 싶어……!」라는 기분이 들게 만들어서—!"

마지마 씨는 열변을 토하고 있었다.

난 이미 한 귀로 듣고 한 귀로 흘리고 있었지만, 애당초 받은 일은 제대로 하는 주의다. 모티베이션이 낮은 것도 아니고, 그렇게 열심히 설명해주지 않아도 도망가지 않으니 걱정하지 않았으면 좋겠다.

"그보다, 정말 멋져. 잘 어울려."

이미 드레스를 착용하고 있는 나에게 눈길을 주며, 마지마 씨는 기세등등한 표정을 지었다.

익숙지 않은 모습에 약간 불안이 스쳤지만, 이 사람은 안 된다 싶을 땐 확실히 안 된다고 말해주니까, 조금은 자신이 생겼다.

"뭐, 그렇게 말해줘서 다행이야."

"그래. 게다가 이런 고급 호텔, 20대 초반 여자애가 자기가 벌어서 쉽게 올 수 있는 호텔이 아니니까, 모처럼이니 만끽해둬서 손해볼 것 없다?"

오늘의 촬영 장소인 링크 허밀튼 호텔은, 나도 이름만은 알고 있을 정도로 유명한 호텔이다.

"그럼 감사히 잘 즐겨야겠네. 내 촬영 장소는 웨딩홀이랑 객실이었나?"

"그래. 웨딩홀은 나도 한 번 불려서 간 적이 있는데, 무척 훌륭한 곳이었어."

"헤― 참고로, 여기에 숙박하려면 1박에 얼마 정도 들어?"

"음…… 이거, 가장 랭크가 낮은 방의 최저 가격이야."

아무렇지 않게 던진 소박한 질문이었지만, 마지마 씨의 스마트폰 화면을 본 나는 눈이 튀어나올 뻔했다.

"뭐?! 0이 하나 많은 거 아냐?!"

"고급 호텔이라고 말했지? 절대로 비품을 더럽히거나 상처입히지 않게 조심해."

"……넵."

역대급으로 몸이 굳어버린 날 보고, 마지마 씨는 웃었다.

"평소처럼 하면 괜찮아. 자, 시노를 떠올려! 기운 나지?"

마지마 씨는 나와 시노가 사귀고 있는 걸 알고 있고, 이해도 해주고 있고, 가끔은 이렇게 내 의욕을 끌어내기 위해 시노의 이름을 이용하기도 하는 사람이다.

손바닥 위에 굴려지는 것 같지만, 딱히 싫지는 않다.

시노를 위해서 열심히 하는 건, 사실이기도 하니까.

"그래. 시노를 생각하면 뭐든 할 수 있거든, 나."

"멋지네요."

진심이 담긴 말에 헤어 메이크 담당자가 그렇게 말해줬다.

그 후 바로, 메이크업이 완성되었다.

거울에 비친 드레스 모습의 자신은, 과연 의외로 어울리는 것 같았다.

"오늘도 멋져, REN. 가자."

마지마 씨의 말을 듣고 일어선다.

자, 가볼까.

높은 힐을 신고 걷자, 평소와는 다른 소리가 울렸다.

객실에서 촬영이 시작되었다.

처음에 숙박비를 듣지 않았다면 「비싸보이는 방이네」 정도로만 생각했겠지만, 지금의 난 이 방의 모든 게 최고급품으로 보여서, 지나치게 큰 창문 너머로 도쿄의 야경이 엄청 예쁘게 보이는데도, 충분히 즐길 여유를 가질 수 없었다.

"그럼, 일단 장소만 지정할 테니까 적당히 포징해봐."

카메라맨의 말을 따라 의자에 손을 얹거나, 화장대 앞에 앉아 그곳에 비친 자신과 마주보거나 하는 등, 실내 비품을 사용한 촬영이 진행되었다.

반응이 좋았다. 나도 점점 텐션이 올라, 긴장이 풀어졌다.

"자 그럼 다음은, 창문을 배경으로 곁눈질로 야경을 보면서, 어딘가 울적한 표정으로 서 있어 봐!"

지시대로 야경을 본다. ……도쿄에 살고 있다 해도, 고층 빌딩에서 경치를 보는 건 전혀 다르구나. 시노라면 눈을 반짝이며「예쁘다!」라고 말하고는 웃어줬겠지.

보여주고 싶다. 나 혼자 보는 게 아깝다.

……위험해, 집중해야지. 울적한 표정이란 오더였는데, 시노를 떠올리면 웃어버리고 마니까.

스스로 볼의 긴장이 풀린 걸 자각하자,

"아니…… 지금 표정이 좋아! REN, 더 소녀의 표정을 지어봐!"

카메라맨이 의미불명의 지시를 내렸다.

잠깐. 소녀의 표정이라니 뭐냐고! 나도 잘 모르겠는데, 의식한다고 될 리 없잖아!

……라며, 마음 속에선 불평하면서도…… 소녀라는 말을 듣고 떠올린 건, 역시 시노의 얼굴이었다.

그 녀석은 저런 큰 카메라 앞에 서면, 허둥대며 부산을 떨겠지. 우와, 보고 싶다. 새빨개져서 울먹이는 시노, 분명히 귀엽겠지!

"오케이—! 그 느낌이야! 잘 하네, REN!"

연인의 모습을 망상하고 있었더니, 칭찬받는데?! 이걸로 괜찮은 거야?!

마지마 씨만이, 허둥대며 당황하는 내 심경을 파악하고 있었겠지.

눈이 마주쳤을 때, 마지마 씨는 웃으며 과장스럽게 어깨를 꽉 누르고 있었다.

◆

그렇게 포멀 드레스 특집 촬영은 막힘없이 끝났다.

결과적으로 만족스럽게 일을 해냈다고 생각하지만…….난 집에 돌아와서도 계속, 링크 허밀튼 호텔과— 시노를 생각하고 있었다.

하지만 학생 시절엔 그런 호텔엔 묵을 수 없었고, 애초에 선택지에도 없었다.

지금의 나라면…… 여유라고는 말할 수 없는 형편이지만,

어떻게든 두 명분의 숙박비를 내는 건 가능하다.

　―시노와 함께 오면 분명 즐겁겠지.

　시노는 기뻐해줄까?

　"……좋아."

　신나하는 시노의 모습이 뇌리에 떠오른 나는, 결의를 굳히고 메시지 어플을 열었다.

　사귀고부터 지금까지, 크리스마스는 쭉 함께 보내고 있으니까 예정은 비워뒀을 거라 생각하지만…… 일단, 확인차.

　'시노, 크리스마스 일정 비어있지?'

　늦은 밤에 보낸 메시지임에도 답은 빨랐다.

　'렌이랑 같이 보낼 수 있음 좋겠다 싶어서, 비어뒀어.'

　다행이다. 혹시나 싶어 물어봤지만, 나를 위해 비워뒀다는 말에 안도한다.

　'설마 렌, 일 들어왔어……?'

　연속으로 온 메시지에, 서둘러 답장했다.

　'지금은 괜찮아. 올해는 내가 계획 세울테니까 맡겨줬으

면 좋겠어.'

바로 일이 있는지 생각하는 부분, 시노는 내가 바람을 피울 가능성따위 생각하지 않는 거겠지……

아니, 절대 안 피울 거지만. 할 생각 따위 요만큼도 없지만.

시노는 옛날부터, 질투를 하지 않는다.

……내 쪽은 솔직히…… 매일 시노를 볼 수 있고 시노의 수업을 들을 수 있는 학생들한테조차 질투를 느끼는데.

이럴 때…… 불안정해지기 쉽단 말이지, 나.

'정말? 기뻐! 기대할게.'

하지만 내 불안은, 시노의 목소리로 뇌내 자동 재생쯤은 식은 죽 먹기인 메시지를 읽고 어딘가로 날아가 버렸다.

내 애 같은 질투 때문에 꿍얼거려도 어쩔 수 없는 일이고, 시노는 틀림없이 날 좋아하니까 그걸로 됐잖아.

뭐, 귀여운 여자친구가 미소지어준다면, 할 수 밖에 없다.

'기대해. 최고의 하루를 선물할 테니까.'

허세라고 하면, 허세가 맞지만.

두근거리는 마음을 억누르지 못한 나는, 얼른 호텔의 홈

페이지를 열어 예약 페이지를 확인했다.

◆

11월 하순.

나와 시노는 링크 허밀튼 호텔의 라운지에서 커피를 마시며, 비일상적인 시간과 공간을 음미하고 있었다.

"뭐, 뭔가 긴장된다……."

맞은편에 앉은 시노가, 평소보다 딱딱한 웃음을 지었다.

"모처럼의 기회니까 즐기자구. 당당히 가슴 펴."

"우, 그야…… 렌은 겉모습도 장소도 잘 어울리지만, 난 분명 이상한 걸……."

시노가 지금 입고 있는 드레스는 이 날을 위해 새로 마련한 것이다.

이 호텔에서 청바지 같은 걸 입었다간 장소에 녹아들지 못할 테고, 레스토랑에 들어갈 때도 드레스 코드가 있으니까.

"뭐라는 거야. 엄청 잘 어울리는데."

"……그, 그런가? ……렌이 같이 사러 가 준 덕분이야. 나, 나 혼자였으면 이런 옷을 고르지 못했을 거야……."

시노가 입고 있는 건 전신에 꽃 자수가 놓인 회색 드레스다.

머메이드 실루엣이 시노의 우아함을 잘 드러내주고, 몸의 라인이 돋보이는 디자인은 꽤나 내 취향이다.

"시노한테 잘 어울리는 옷을 고르는 덴 자신 있거든. 그도 그렇게, 나 이상으로 시노의 매력을 잘 알고 있는 녀석은 없을 거 아냐?"

"그, 그런 모습으로 그렇게 멋진 말은 금지……."

그런 모습이란, 내가 입고 있는 드레스를 말하는 거겠지.

내 드레스는 네이비색의 심플한 디자인이다.

밑단은 시노의 것과 비교하면 짧아서, 이 계절엔 조금 쌀쌀하지만, 시노가 기뻐할 거라 생각해서 골랐다.

예상대로, 내 모습을 본 순간부터 시노는 계속 칭찬을 멈추지 않았고, 뭣하면 시선이 자꾸만 다리로 향하는 것도 난 알고 있다.

게다가, 가슴팍이 열린 타입의 디자인을 고른 것도 잘했다고 생각한다. 목깃 부분의 레이스 덕분에 노출이 과해 보이지 않는 것도, 마음에 드는 포인트다.

"마음에 들어해줘서 영광이야."

씨익 웃자, 시노는 부끄러워하며 컵으로 얼굴을 감추듯이 커피를 마셨다. 귀여워.

오늘 데이트의 모든 건, 시노를 기쁘게 하기 위한 것이다.

의복도 머리 모양도 전부 **시노가 좋아할 것 같은가 아닌가**를 기준으로 골랐기 때문에, 그녀의 리액션으로 보아 자기 채점을 한다면 합격이라 해도 되겠지.

"우으…… 나중에 잔뜩 사진 찍게 해줘……."

"마음대로 하시죠, 아가씨?"

장난으로 집사처럼 왼손을 가슴에 가져다 대며 허리를 굽히자, 시노는 얼굴을 붉히며 볼을 감쌌다.

연인에게 칭찬을 받아서 나도 기분이 좋다.

잘 꾸민 귀여운 여자친구와 최고급 호텔에서 하룻밤을 보낸다.

완벽한 시츄에이션 속에서, 딱 하나 불만이 있다면— 그건, 오늘의 날짜다.

무심결에 한숨이 새어나왔다.

"……사실은 크리스마스에 예약을 넣고 싶었는데, 너무 쉽게 생각했었어. 미안해? 내년에는 더 일찍 예약할게."

사실은 크리스마스 이브에, 여기서 시노와 시간을 보내고 싶었다.

하지만 이렇게 비싼 호텔을 예약하는 게 처음이었던 나는, 예약 단계를 보고 깜짝 놀랐다.

크리스마스 시즌은 이미 1년보다도 전부터 전부 매진이라, 일반인이 1개월 전에 간단하게 방을 확보할 수는 없다는 걸 알게 된 것이다.

"아니야, 무척 기쁜걸. 렌이 날 위해 생각해주는 건, 전부 기뻐."

시노는 아쉬움이 없어 보이는, 부드럽고 상냥한 미소를 지어 보였다.

……이 귀여운 여자친구를 위해서라도, 난 앞으로도 더욱 다양한 걸 공부해야 해.

나는 연령적으로도, 스스로 돈을 벌어 세금을 내고 있는 점을 봐서도, 이미 어엿한 사회인이니까.

시노가 좋아서, 시노를 누구보다도 소중히 생각하는 마음은, 고등학생 시절부터 하나도 변하지 않았는데.

우리를 둘러싼 환경이나 놓인 위치만이 점점 변해간다.

뒤처지지 않도록 필사적으로 노력하지 않으면 안 된다는 게, 답답하게 느껴질 때도 있다.

하지만 그것도, 이 앞으로 시노와 함께 있기 위해 필요한 일이라고 한다면, 나는 싫다고 생각하지 않는다.

"그렇게 말해주니 힘 난다."

"응. 그러니까 신경 쓰지 마, 렌."

내년엔 계획적으로 움직이자고 가슴에 맹세했다.

"응. 땡큐, 시노."

"그…… 그치만, 정말 괜찮아? 이런 엄청난 호텔……."

"응. 시노를 위해서 일하고 있는 부분도 있으니까, 나."

본심을 전하자, 시노의 뺨이 다시금 주황빛으로 물들었다.

시노도 기뻐해주고 있고, 힘내길 잘했다는 생각이 든다.

"그럼, 슬슬 체크인 할까?"

날 따라 일어선 시노는 자신이 없는 건지, 양팔로 자신을 안는 것처럼 등이 굽어 있었다.

"으, 응. ……나, 나 괜찮겠지? 뭐, 뭔가 주변 사람들이 쳐다보는 것 같아서, 진정이 안 돼……."

"이상한 건 아무것도 없어. 세상에서 제일 귀여워."

"후에?! ……그, 그러려나……?"

"그래. 틀림없이."

시노는 자신이 이 장소에 어울리지 않으니까 나쁘게 눈에 띄는 게 아닐까 하고 걱정하고 있지만, 얼토당토 않은 소리다.

시노를 보고 있는 녀석들은 모두, 시노가 귀여우니까 보고 있는 거다.

이런 귀여운 애가 무방비하게 있으면 주위 녀석들의 주목이 쏠릴 수도 있고, 말을 거는 바보 자식이 있을 수도 있다.

……이 녀석이 무서워하지 않게 하기 위해서라도, 나라는 연인이 있다는 걸 제대로 보여줘서 위협해야지.

난 평소보다 더 시노의 옆에 딱 붙어서, 호텔 안을 걸었다.

"엥, 뭐야 이거…… 새우?"

"잘 모르겠지만, 맛있네—!"

너무 화려해서 본 적도 없는 요리가 코스로 나오는 디너는 맛있다라고 밖엔 표현할 길이 없었다.

맛도, 서비스 스태프의 대응도, 시츄에이션도, 만점이 아닌 것이 없다.

하지만—.

"여기 요리는 물론 맛있긴 한데. 난 시노가 만들어준 요리가 훨씬 좋아."

큰 소리로 말하는 건 자제했지만, 본심이었다.

시노가 만들어준 요리는 전부 맛있고, 점점 실력도 늘고 있고, 저번에 집 데이트 때 만들어준 갓 튀긴 가라아게는 볼이 떨어질 정도로 맛있었다.

귀여운 여자친구와 오랜만의 데이트로, 집에서 둘만 있는 상황.

참는 것 따위 불가능했다.

"뭐어?! 그럴 리 없잖아!"

고개를 홱홱 젓는 시노를, 빤히 응시한다.

—그리고 오늘도, 내 머릿속은 번뇌로 가득 차 있다.

붉은 뺨에 닿아있는 하얗고 기다란 그 손가락에 시선이 빨려들어간다. 음식을 입에 가져다 댈 때의 아리따운 입술에, 불온한 욕망을 느껴버린다.

얼른 만지고 싶고, 만져줬으면 한다는 생각이 들 수 밖에 없다.

"뭐야. 내 말을 못 믿겠다는 거야?"

"……치사해, 렌은……."

시노가 부끄러워하면서도, 기쁨을 감추지 못한 웃음을 보여줬기에, 나도 기뻐진다.

순수한 마음으로, 그녀와 함께 있는 것에 행복을 느낀다.

하지만, 동시에.

난 벌써, 시노와 보낼 **이후**의 일들만 생각하고 있었다.

……내가 변태인 게 아니다. 시노가 귀여운 게 나쁜 거다.

해가 지는 게 빠른 계절이다. 객실에 돌아오자, 체크인했을 때와는 다른 경치가 보였다.

창문에서 한 눈에 볼 수 있는 도쿄의 야경에, 시노는 압도되어 있었다.

"와―! 무척 예쁘다, 렌!"

하지만 시노가 더 예뻐―라는, 죽을만큼 느끼한 말이 무심코 새어나오려 한다.

"그래, 예쁘네."

"……아, 그렇지. 렌은 촬영 때 봤으니까 두 번째겠구나. 나, 나만 들떠서 뭔가 부끄러워."

내가 야경보다 시노에게 눈길을 빼앗겨 있었기에, 내 반응이 심심하다고 느낀 거겠지. 조금 풀 죽은 시노에게, 바로 덧붙여 말했다.

"그렇지 않아. 경치는 똑같아도, 시노랑 같이 보는 편이 더 예쁘게 보이는 게 당연하잖아?"

시노의 얼굴이 펑 하고, 효과음이라도 붙은 것처럼 붉어졌다.

그 이유를 알면서도 나는, 시노의 반응이 귀여워서 그만 장난스럽게 물어본다.

"얼굴 빨개졌는데? 술 때문에 그래?"

"나, 나 술 안 마신 거 알면서—."

그래. 시노의 볼의 홍조는, 알코올 때문이 아니다.

"모처럼 렌이랑 처음으로 고급 호텔에 왔는데, 취해서 기억이 흐릿해지는 건 싫으니까."

그런 이유로, 오늘 밤 시노는 술을 마시지 않았다.

취한 시노도 귀여워서 좋아하지만(나랑 있을 때 한정. 밖에서 마실 때는 위험하니까 진짜 금지하고 싶다), 시노가 오늘 이 날을 제대로 기억하려고 하는 마음에 감동했다.

돈을 더 잘 벌어서, 어떤 고급 호텔이라도 몇 번이라고 시노를 데리고 올 수 있는 연인이 되고 싶다고 생각했다.

"나도 그렇게 마시진 않았지만⋯⋯ 잠시만 누울게."

침대 위에 앉은 나는, 그대로 몸을 눕혔다.

"일할 때는 침대 위를 굴러다닐 수 없었는 걸!"

드레스가 주름지고 머리는 망가지고, 마지마 씨한테 엄청 혼날테니까.

하지만 오늘 밤은 데이트다. 이대로 날 덮쳐도 괜찮아, 라는 흑심도 다소 있었다.

"레⋯⋯ 렌은 웨딩홀만이 아니라, 방에서도 촬영한 거지?"

⋯⋯아무래도 시노에게 내 마음은 전해지지 않은 모양이

다. 무언가를 골똘히 생각하는 표정을 짓고 있다.

"뭐, 이 방은 아니지만 객실 촬영이 있었어. 웨딩홀 때와는 다른 드레스로 꽤나 찍었지. 포멀 드레스 특집이었으니까 TPO에 맞춰서 어쩌고 저쩌고~ 때문에, 시간도 많이 걸렸다구."

"그, 그렇구나. ……역시 힘든 일이구나……."

뭔가, 대사와 표정이 맞지 않는 위화감이 든다.

시노는 내 안색을 살피듯 힐끔 보더니, 우물쭈물거리고 있었다.

"뭐야. 말하고 싶은 게 있으면 말하라고?"

오늘 데이트에서 어떻게도 참기 힘든 불만이 있었나? ……설마, 데이트라기보단 나에 대해 뭔가 불만이 있다든가?!

갑자기 초조해졌다. 나, 뭔가 저질렀나?

"……내가 뭘 말해도, 드, 들어줄 거야?"

"그…… 그건 내용에 따라 다르지……."

식은땀이 등줄기에 흐른다. 뭐, 뭘 말하려는 거지?

속으론 엄청 허둥대고 있는데, 장대한 야경과 익숙하지 않은 드레스가, 나를 쿨한 여자로 만들고 싶어한다.

동요하는 마음을 숨기며, 평정의 탈을 쓰고 물어봤다.

"그, 그래도 뭐…… 오늘 데이트는 크리스마스 선물 같은 거기도 하고, 괜찮아. 무, 무슨 일인데?"

"······음, 그러니까."

시노가 창가 의자에 앉았다.

"······있지, 렌."

어딘가 쓸쓸한 표정에, 심장이 터질 것만 같다.

"뭐, 뭔데?"

아리따운 시노의 입술이, 천천히 벌어지고—.

"어떤 방식으로 촬영했는지, 보여줘."

들린 말은 예상 밖이었다.

"······응?"

맥이 빠졌다. 무심코, 고전적이게도 꽈당 넘어져 버릴 것 같았다.

"그······ 그건, 시노를 카메라맨이라고 생각하고 포징을 해보라는 거야?"

"그, 그래! 한번 보고 싶어서······."

"······싫어, 부끄러워."

안도감에 힘이 빠져, 반쯤 웃으며 천장을 올려다봤다. ······나 참—, 조명도 분명 비싼 거겠지—.

멍하게 쓸데없는 생각이나 하고 있자, 내가 누워있는 침대 옆이 가라앉았다.

얼굴을 돌리자, 옆에는 시노가 앉아있었다.

"렌······."

이거, 이대로 **하는** 흐름인가?

딱히 신경 안 써. 난 언제든지 준비되어 있어.

그렇게 생각하며 시노를 보고 있자, 시노는 귀엽게 양손을 대고 고개를 기울였다.

"어, 어떻게 해도, 보고 싶은데— 안 돼?"

아직 포기 안 했는데?! ……아무래도 오늘의 시노는, 무슨 일이 있어도 이 고집을 들어줘야 하나보다.

"아니, 그러니까—."

또 한 번 거절하려고 했지만…… 아까와 같은 현상이 또 일어났다.

화려한 드레스를 입은 오늘 밤의 시노는, 어딘가 여왕님이라 해야할지, 공주님이라고 해야할지, 결코 거역할 수 없을 것 같은 신기한 매력을 뿜내고 있었다.

꾸욱 말을 삼키고, 작은 숨을 뱉었다.

"……알겠어, 알겠으니까."

완전히 항복이다. 완전히 분위기에 압도당해 버렸다.

……라기보다 난 원래, 고집 피우는 시노도 싫어하지 않는다. 그말인즉, 처음부터 거절한다는 선택지는 없었던 거다.

"포징은 적당히, 기억나는 범위에서 할게. 그걸로 괜찮아?"

"응! 고마워!"

시노가 무척 귀여운 웃음을 보여주니까, 부끄러움은 일단 내버려두자.

기뻐해줬으면 하니까, 힘내볼까.

"그럼, 한다!"

"자, 잘 부탁합니다!"

시노는 한 번, 침대에서 내려와 의자에 앉으면서 날 응시하고 있다. 멀리서 내다보고 싶다는 이유에서다.

뭐, 내 안에서도 수치심은 없어졌으니까. 그녀의 희망에 응하기 위해, 침대에 앉아 적당히 포징을 취했다.

솔직하게 말하면, 일에서는 침대를 사용한 촬영은 하지 않았다.

그런데, 내가 침대 위에서 이동하지 않는 것은…… 조금이라도 빨리 시노를 **그럴 기분**으로 만들어 날 덮쳤으면 한다는, 흑심이 있기 때문이다.

이렇게 귀여운 여자친구와 하루종일 같이 있을 수 있다. 그것만 생각한다 해도 불가항력이잖아?

한쪽 손으로 머리를 쓸어올리거나, 다리를 꼬거나.

하는 일은 평소의 촬영과 크게 다르지 않지만, 한 가지 다른 점은…… 내 눈 앞에 있는 건, 큰 카메라를 들고 말을 거는 카메라맨이 아니라는 거다.

날 바라보고 있는 건— 귀여운 얼굴로, 큰 눈동자로, 내 모습을 전부 눈에 새기려 하는, 사랑스러운 연인이다.

"렌, 엄청 멋있어……!"

눈동자를 반짝이는 시노를 보고, 무심코 웃음이 새어 나왔다

"오—, 만족했다면 다행이야."

"프로 모델이라는 실감이 나서 감동이야……! 나, 나도 스마트폰으로 사진 찍어도 돼……?"

"괜찮지만, 돈 받는다."

"응, 낼게! 어, 얼마야?"

"바보, 농담이야. 라운지에서 **원하는대로 하시죠**라고 말했잖아? 시노라면 몇 장이든 찍어도 돼. 특별히다?"

"에헤헤…… 고마워, 렌."

즐거워하는 시노가 든 스마트폰 앞에서, 이어서 포징을 취한다.

시노는 꺅꺅 거리면서, 내가 포즈를 취할 때마다 몇 번이고 셔터음을 울리고 있었다.

실제의 본격적인 촬영에 가깝다고는 결코 말할 수 없지만, 시노는 「REN」으로서 움직이는 내 행동 하나하나에 감동하고 있는 것 같았다.

관객의 반응이 좋으면, 모델 쪽도 텐션이 오르는 법이다.

평소엔 하지 않을 법한 서비스 샷을 보여주려고 생각한 내가, 다리를 반대 방향으로 바꿔서 꼬자…… 시노의 시선이 드레스 밑자락 쫓는 걸, 난 놓치지 않았다.

—혹시?

쭈욱 앞으로 엎드려 본다. 흉부가 오픈된 드레스는, 제대로 잡지 않으면 다른 사람에게 보여줄 수 없는 것을 보이고 말게 된다.

눈을 위로 치켜뜨며 시노의 모습을 살폈다. 동요를 감추지 못하는 듯이 보였지만, 욕망에 충실한 연인은 내 흥부를 확실히 보고 있었다.

호기심의 싹이, 쑤욱 자란다.

귀여운 얼굴을 하고선 실은 어처구니 없을 정도로 야한 시노는, 내 부추김 속에서 어디까지 평정심을 유지할 수 있을까?

시험해보고 싶은 기분을 억누를 수 없게 됐다.

뒷머리를 양손으로 쓸어올려 목선이 보이게 하자…… 시노의 눈이 조금, 커진 것처럼 보였다.

시노의 반응에 의욕이 솟아난 나는, 드레스 자락을 위로 올려 허벅지를 노출시킨다. 속옷이 보일 것 같지만 보이지 않는 정도의, 아슬아슬한 부분까지.

이런 거, 좋아하잖아? 그렇게 생각하며 힐끔 시노의 상태를 엿보자, 아까와는 다르게 걱정되는 듯한 얼굴을 하고 있었다.

"……레, 렌? 실제 촬영 때도, 그런 느낌이야?"

여성 대상의 패션 잡지니까, 물론 이런 형태로 팔리는 걸 목적으로 하는 포징은 하지 않는다.

"그야, 그런 지시가 있으면 하지. 일단은 프로니까."

하지만, 살짝 거짓말을 곁들여봤다. 시노가 어디까지 참을 수 있는지, 시험해보고 싶었기 때문이다.

　모처럼 좋은 호텔에 왔다. 나도 조금 정도는 고집을 부려도, 천벌을 받진 않을 거 아냐?

　"그, 그렇구나……."

　시노는 뭔가 말하고 싶은 듯했지만, 포징을 보고 싶다고 말을 꺼낸 건 시노였다.

　게다가…… 날 엄청 기다리게 하고 있으니, 시노한테도 조금은 같은 기분을 맛보게 해야지?

　"그럼, 이어서 한다."

　일부러, 시노의 욕망을 부추기는 듯한 자세를 계속한다.

　조금 지나자— 어느 새인가, 셔터음이 멈춰 있었다.

　시노의 뜨거운 시선이 직접, 내 얼굴과 몸을 향하고 있었다.

　그 시선에 나 자신도 터무니 없는 흥분을 느낀다.

　……아아, 역시. 일에서는 침대 위 촬영이 없어서 다행이다. 시노를 떠올리고 표정 컨트롤이 안 돼서, 또 마지마 씨에게 비웃음을 샀을지도 몰라.

　그냥 보여지고 있을 뿐인데, 몸이 달아오른다.

　가슴팍을 좀 더 보여주……려고 생각했지만, 그만뒀다.

　과도한 노출은 보기 민망해질 뿐이다. 모델로서의 프라이드와, 시노를 유혹하는 것의 선을 지키기가 꽤 어렵다.

　하지만, 그렇게까지 하지 않아도, 내가 멋대로 시작한 이 내기는 분명 내가 이기게 될 것이다.

슬슬 내 참을성의 한계에 달했을 때…… 시노 또한 마찬가지로 한계에 달할 테니까.

내 드레스의 퍼스너는 등 중앙에 있다. 벗기려 한다면, 간단히 벗겨질 것이다.

"렌."

퍼스너 쪽으로 의식이 쏠린, 한순간의 틈이었다.

내 얼굴에 그림자가 진다. 고개를 들자, 눈앞에 시노가 서 있었다.

언제나와는 다른 감촉의 고급 침대 위에 넘어뜨려졌다.

내 바로 위에는, 시노가 있다.

이 얼굴은 잘 알고 있다. 귀여운 여자친구가, 나에게 욕정하고 있는, 이 얼굴.

……참을 수 없다. 이 얼굴을 보는 것만으로, 자신의 몸이 기뻐하는 걸 느낀다.

그것만으로— 그녀를 받아들일 준비가, 완료될 정도로.

"……드레스, 구겨질텐데?"

"괜찮아. 바로 벗길 테니까."

"……하하, 의욕 넘치네."

입으로는 그렇게 말했지만, 나 자신이 시노에게 만져지는 것을 계속 기다렸던 탓인지, 시노의 손가락이 귀에 닿는 것만으로 믿기 힘들 정도로 느껴버렸다.

"있지, 렌."

귓가에서 이름을 불린다.

이렇게 넓고 호화스러운 방의, 나와 시노만 있는 둘만의 공간에 있음에도 불구하고, 나한테만 들릴 듯한 속삭임으로.

"지금부터는, 나밖에 모르는 렌을 보여줘."

귀부터 전해져 오는 시노의 목소리에, 그 말에, 힘이 탁 풀리는 듯했다.

어쩜 이리도 감미로운 고집인가.

날 원하고 있는 것이 명확히 전해지는 눈동자로 날 바라보며, 그런 부탁을 하다니.

전신의 세포가 깨어난다. 등골이 오싹한 흥분이 밀려온다.

어디서 시노의 스위치가 눌린 건지는 모르겠지만, 부추긴 보람이 있다고 생각했다.

시노가 기뻐해줬으면 해서. 시노를 위해서. 시노가 좋아할 것 같으니까.

고른 드레스의 **시노를 위해**라는 이유는 명목이고, 난 자신 안에 있는 욕망을 숨겨두고 있었다.

이 드레스라면…… 시노는 더욱 강하게, 나에게 욕정해주지 않을까. 얼른 안아주고 싶어하지 않을까, 기대하고 있었다.

나는 계속 이런 전개가 되기를 바라고 있었으니까.

"……시노밖에 모르는 나라니…… 예를 들면, 어떤?"

알고 있으면서 장난스러운 질문을 하자, 시노의 얇은 손가락이 내 쇄골를 타고 올라갔다.

"……부드럽게 만졌을 때, 간지럽다는 듯이 입술을 무는 얼굴이라든가."

손가락이 이동하고, 가슴 위에 멈춰…… 끝부분을 빙글 만진다.

"앗."

"목소리가 나온 뒤에, 조금 부끄럽다는 듯한 얼굴이라든가."

시노의 손가락은 또 이동해— 내 드레스 안으로 미끄러져 들어왔다.

그리고 눈 깜짝할 새에, 나의 가장 뜨거운 곳으로 도달해 버린다.

"웃, 아앗."

"……무척 느낄 때 보여주는, 너무 귀여운 얼굴이라든가."

……난 오늘 틀렸을지도 모른다. 평소 이상으로 몸이 민감한 것 같다.

시노의 손 끝 뿐만이 아니다. 말이라든가, 목소리, 아니……그 눈으로 보는 것만으로, 어떻게 되어버릴 것만 같다.

"렌의 그런 얼굴은, 나밖에 모른다고 생각하는데……. 아니야?"

시노는 상냥하게 미소지었다. ……여기서, 그런 표정을 하다니, 항복이다.

저릿저릿한 몸을 얼른 어떻게든 해줬으면 해서, 시노의

손목을 잡았다.

"마, 맞아. 그러니까……."

아까 괜히 「예를 들면, 어떤 거?」라는 질문을 왜 했을까 반성한다.

설마 이렇게까지 당할 줄은 몰랐다.

목소리가 갈라진다. 눈이 촉촉해진다.

부끄럽다든가 생각할 수 없을 정도로, 난 한계였다.

"……기다리게 하지 마."

시노는 내 뺨에 입술을 맞췄다.

"응. 귀여워, 렌."

언제나보다 훨씬 크고, 훨씬 비싸 보이는 침대 위에서.

기다리고 있었던 건 아무래도 피차일반이었던 듯, 그 반동으로 시노는 날 격하게 원했다.

그런다 한들 싫은 기분이 들 리도 없는 나는, 이 몸으로 시노의 전부를 받아내기 위해 필사적이었다.

"렌."

이름을 불리는 것만으로, 가버릴 것 같다.

보통과는 다른 시츄에이션 또한, 날 흥분시키고 있는 걸지도 모른다.

"렌…… 여기는?"

시노와 사귀기 시작하고, 몇 년이 지나도.

시노는 본인에게 자신이 없는 탓인지, 자기 쪽이 날 더 좋아한다고 생각하는 것처럼 보인다.

—하지만, 그건 틀리다.

내 쪽이 절대로, 시노를 향한 사랑이 크다고 생각한다.

"렌, 기분 좋아?"

친구가 얼마나 있다 해도, 모두에게 인기를 끈다고 해도, 사람의 시선을 끄는 일을 직업으로 삼고 있다고 해도.

정말은, 시노 한 명의 마음만 받을 수 있다면, 그걸로 족하다.

하지만, 몇 번이나 말로 표현해봐도, 몇 번이나 살갗을 겹쳐봐도.

나와 시노라는 개체가 분리되어 존재하는 이상, 내 마음을 남김없이 시노에게 전하는 건 불가능하다.

가끔, 그게 너무 분해서 어쩔 수 없는 밤도 있지만, 그래도…… 포기하기 싫으니까.

"……시노, ……좋아, 해……."

앞으로도, 시노가 곁에 있는 한.

"……렌……."

숨을 헐떡이는 내 앞머리를 상냥하게 넘기는 시노와 눈이 마주쳤다.

잘 말할 수 없지만, 이 순간.

난 설마 하면 세상에서 제일 행복한 게 아닐까 생각한다.

"나도 좋아해, 렌."

그렇게 말하고 키스로 입을 막아버려서, 지금은 그 이상을 말할 수 없게 됐지만.

우리에겐 아직, 많은 시간이 있으니까.

앞으로도 쭉, 난 소중한 연인에게 계속해서 사랑을 전한다.

◆

얼마나 오래 사랑을 나누었는지 애매할 지경이다.

난 꿈과 현실의 경계선조차 알 수 없게 될 정도로 시노에게 푹 빠져있었기에, 욕실에 들어가도록 준비해준 건 시노겠지.

욕조에 담긴 온수에 푹 담그자, 무심코 목소리가 나왔다.

"아— 기분 좋다."

"후훗, 렌의 풀어진 얼굴, 귀여워."

방금까지 내가 기절할 뻔할 정도로 격정적이었던 시노는, 평온하게 미소지었다.

……이 갭에 약하단 말이지—, 나는.

둘이서 들어가도 그럭저럭 여유가 있는 크기의 욕조에, 나와 시노는 서로를 마주 보고 앉아있다.

다리를 쭉 뻗을 수 있는 건 아니지만, 정강이나 발끝이 시노랑 닿아서 이건 이거대로 즐겁다.

"저, 저기…… 렌, 미안해? 모처럼 고급 호텔에 왔는데,

계속 방에만 있다니 아까울지도……."

"……바나 스파에도 가보고 싶었어?"

"으, 응. 내가 가고 싶다기보다는, 렌이 가고 싶었던 거아닌가 해서……. 미안."

……내 여자친구는 정말 상냥하지만…… 이상한 걸 신경쓴단 말이지.

"뭘 말하나 했더니. 다양한 시설이 있는데 일부러 방에만있는 선택을 한 거라고 생각하면, 더할나위 없는 사치잖아."

"……그런, 걸까아?"

아직 풀이 죽어있는 시노에게, 다음엔 양손으로 온수를떠서 참방, 뿌렸다.

오늘을 위해 완벽하게 화장한 얼굴이 다 젖어서, 시노는한심한 목소리를 내며 손가락으로 물방울을 털고 있었다.

"게다가, 좋은 추억이 됐잖아? 이런 좋은 호텔에서 하는건, 평소엔 할 수 없는 일이라고?"

내가 꺼낸 단어 때문에, 방금까지의 정사를 떠올린 걸까.

그렇게나 날 엉망진창으로 만든 주제에, 시노는 갑자기부끄러워하기 시작했다.

"그…… 그것도 그렇네……! 응, 무척, 좋은 추억이 됐어."

……왜 부끄러워하는지 의문이네. 뭐, 귀여운 시노도, 날덮치는 시노도 양쪽 다 정말 좋아한다는 사실은 변함없지만.

고등학생 시절, 둘이서 당일치기 온천 여행에 간 적도 있

고, 시노의 집에 머물렀을 때 함께 목욕을 한 적도 몇 번인
가 있다.

하지만, 오늘 하루를 내가 평생 잊지 않았으면.

시노도 평생, 오늘 밤의 일을 기억해 줬으면 좋겠다고 생
각했다.

"……그건 그렇고, 왜 갑자기 어떤 식으로 촬영하는지 물
은 거야? 카메라도 없는데 포징하는 거, 처음엔 꽤 부끄러
웠다고."

시노의 보고 싶다는 한 마디에 순순히 따랐지만, 지금까
지 그런 식으로 부탁받은 적은 없었으니, 이제 와서 궁금해
졌다.

……뭐어, 부끄러운 것도 처음에만 그랬고, 중간부터는
시노를 유혹하려고 오히려 신나서 했지만…… 그건 굳이
말하지 말자.

"그, 그게 말이지……."

시노는 욕조 속에서 손을 꼼지락거리며, 나를 힐끔 올려
다 보았다.

"자, 잡지나 SNS에서 렌의 일을 보고 있지만, 실제로 렌
이 일하는 현장에 와보니…… 열심히 하고 있구나, 대단하
구나 하고 실감이 나서."

"……그렇구나."

시노의 말은 내 머리와 몸, 그리고…… 가치관 같은 것에

도 직접 전파되어, 나 자신을 통째로 다시 만들어 바꿔놓는 듯한 신기한 감각을 느끼게 했다.

예를 들면, 언제나 성실한 시노와 비교하면, 난 향상심을 가지고 성실히 일에 임해왔다……라고는 도저히 딱 잘라 말할 수 없을지도 모른다.

그럼에도 자신에게 요구되는 일을, 확실히 해내고 있다는 자부심은 있었다.

모델로서 요구되는 것들을, 기대 이상의 퍼포먼스로 답하며 만족시키고 있는 것에, 보람을 느끼기 시작했다.

하지만 지금, 시노가 내 일이 대단하고 실감했다는 말에, 그 어느 때보다 감동하고 있는 자신을 발견했다.

실제로 보고 싶다는 생각이 들게 할 정도로는, 나는 「REN」으로서 시노에게 매력적으로 보이고 있다는 거다.

그건, 내 모티베이션을 비약적으로 올려준다.

……뭔가, 나는 자신이 생각하는 것보다 훨씬 쉬운 여자일지도 모른다.

시노에게— 좋아하는 사람에게 인정받는 것만으로, 의욕이 이렇게나 오르다니.

"……렌? 무슨 일 있어?"

"응—? 아무것도 아냐. 그러니까, 시노는 나한테 다시 반했다는 소리잖아?"

자신만만하게 웃어 보이자, 시노는 얼굴을 붉혔다. 이건 분명, 욕탕에 오래 있었기 때문은 아닐 거다.

정말 귀여운 여자친구다.

이 앞으로도 쭉, 같이 살아가고 싶다고 생각할 정도로.

"시노. ······또 오자."

조금씩 미래의 약속을 맺어가는 것만으로는, 더 먼 미래를 확실히 기약할 수 없다면.

몇 번이고 약속할 것이다.

언제나 함께 있자.

나는 시노를 놔줄 생각이 없고, 시노도 분명······ 날 사랑한다고 생각하니까.

"으, 응! 다, 다음엔 내가 렌에게 여행을 선물할 테니까!"

"오─, 땡큐. 기대할게."

지금까지도 그렇게 해왔다. 우리라면 앞으로도 괜찮을 거야.

마음 깊이 그렇게 생각하자, 난 몸도 마음도 긴장이 풀려 욕탕 안에서 팔다리를 쭉 뻗었다. 시노의 몸에 부딪혀, 장난을 친다.

시노의 얇은 발목을 잡아 간지럽힌다. 웃는 소리가 귀여워서 더 괴롭히고 싶었지만, 평소보다 부어있는 종아리가 신경 쓰였다.

높은 굽 때문인가? 아니면······.

"시노, 다리 지쳤어? 일 아직도 많이 힘들어?"

수업 중엔 기본적으로 계속 서 있어야 한다고 들었고, 체력 부족인 시노는 힘들겠지.

발바닥을 지압해주자, 시노는 기분 좋은 듯한 얼굴을 했다.

"고마워—. 하지만, 바쁘긴 해도 렌 정도는 아니야."

"내 쪽에서 보면 시노가 훨씬 힘들어 보이거든."

"힘들……지도 모르지만, 즐거워. 학생들도 동료들도 좋은 사람들이고. 다만, 내가 수업을 좀 더 잘 할 수 있으면 좋을텐데…… 열심히 해야지."

"……좋은 선생님이구나, 시노는."

"저, 전혀 아니야~. 수업 중에 학생이 딴소리 하면 수업 흐름이 끊기기도 하고, 학생들이 상담하러 와도 잘 어드바이스 해주지 못하고…… 아직 공부 중인 걸."

……엄청 좋은 선생님이잖아.

이렇게 귀엽고 상냥하고 학생들을 소중히 생각하는 선생님, 우리 고등학교엔 없었다?

"……정말 고생 많으십니다~."

지침을 위로하는 마음을 담아, 지압에 힘을 더 싣는다.

"아파아파…… 하지만, 시원한 것 같기도……."

"여기가 어깨— 여기가 위장!"

"앗! 아파아아!"

"시노는 너무 성실해서 탈이니까, 힘 뺄 수 있는 부분에선 적당히 해야 된다? 몸이 고장나면, 이런 데이트도 못하게 된다구?"

"윽…… 그건, 싫어……."

이건 날 위한 부탁이기도 하다.

난 바쁜 매일 속에서도 시노를 정기적으로 보충하지 않으면 무리니까, 시노가 컨디션 관리에 힘을 썼으면 한다.

"다음 데이트말인데, 다음주 일요일 오후 비어있어?"

"아…… 미, 미안. 시, 실은 학생…… 농구부 주장인 아이인데, 그 아이가 불러줘서, 시합을 보러 가야 하거든……."

마사지를 하고 있던 내 손이 멈춰버렸다.

—얼굴에 철판을 깔고 본심을 말할 수 있다면.

솔직히 「싫어! 일요일은 나랑 데이트하자!」라고, 말하고 싶다.

하지만 시노는 내가 고집을 부리면 분명 날 우선해 주겠지.

그건 기쁘지만…… 사회인으로서, 교사인 시노의 입장을 생각하면…… 학생을 응원하러 가는 게 좋다는 걸 나도 알고 있다.

한 번 입술을 꽉 깨물고 이 마음을 진정시키며, 천천히 입을 열었다.

"그렇구나, 알겠어. 그럼 또 다음 주에 같이 일정 맞춰보자."

"그, 그치만 밤만이라도 렌이랑 만날 수 있으면 기쁠 거야."

"……아니, 그렇게 하면 시노가 힘들잖아. 나도 만나고 싶지만 시노는 다음날도 일이 있고, 무리는 하지 마. 나랑

시노는 앞으로도 많이 데이트할 수 있으니까, 그 날은 농구부 응원에 전념해줘."

농구부 학생에게 있어서는 주장으로서 출전하는 대회도, 시노가 보러 와주는 기회도, 처음이자 마지막이 될 수 있으니.

"레, 렌, 미안해. 고마워……!"

"그런 표정 지으면 아무 말도 못한다니까. ……그건 그렇고…… 「시노 선생님」은, 인기가 많구만?"

"정말~ 놀리지 마아."

"웃으며 말했지만, 내 가슴 속엔 아주 작은 응어리가 있었다.

전부터 생각했지만…… 설마하면 내 생각보다 더, 시노는 학생들한테 엄—청 인기 많은 선생님인 거 아냐?

그보다…… 본인은 자각이 없지만, 귀엽고, 상냥하고, 나이 차도 얼마 안 나는 교사잖아?

그거야 학생들 입장에선 최고로 두근거리는 선생님이지? 분명히, 연애 감정의 대상이 되거나 고백도 받거나 하겠지?!

내가 고등학생일 때 시노가 선생님이었다면…… 분명히 대쉬할 거다. 틀림없이 좋아하게 될 거다. 무조건 푹 빠지게 될 거다.

시노가 선생님이라니…… 학생들이 죽을 만큼 부럽다.

정열적으로 고백받으면, 시노도 마음이 흔들리거나 할까?

……밀고 들어오는 거에 약하니까 말이지. 마음이 동하지

는 않아도, 예를 들면 나 같은 녀석이 들러붙거나 하진 않 겠지? 충동에 몸을 맡긴 젊은 녀석들에게, 강압적으로 당 하거나 하지 않겠지?

이런 생각을 하고 있자니, 무리였다.

불안과 질투로 미쳐버릴 것만 같았다.

"⋯⋯있잖아, 시노."

"응?"

마주보고 앉은 시노는 내 마음도 모르고, 귀엽게 고개를 기울였다.

나는 욕조에서 일어나, 시노에게 다가간다.

"왜, 왜 그래? 렌?"

전라 상태로 다가가서 그런가. 시노의 볼은 엷은 복숭아 색으로 물들어 있었고, 두 눈은 정면에 선 내 몸에서 시선 을 피하고 있었다.

"⋯⋯좋을대로 보고, 만지고, 괴롭힌 주제에, 왜 이제 와 서 부끄러워하는 거야."

마음에 안 든다. 내게서 1초도 눈을 떼지 않았으면 한다.

그 커다란 눈동자는 언제나 날 향해 있었으면 한다.

"그, 그치만⋯⋯."

시노의 위에 마주 보고 앉는다.

서로 전부 벗고 있기 때문에, 피부와 피부가 직접 닿는다.

시노의 풍만하고 부드러운 가슴이 내 가슴과 밀착하며

형태가 무너진다. 우리 사이의 경계선은 한없이 제로에 가까워진다.

"한 번 더, 하자."

"응? ……지, 지금부터? 여기서?"

시노의 답을 기다리지 않고 키스한다.

바로 혀를 휘감으며, 쾌락을 위해 움직인다.

불안을 느끼기 전에, 쓸데없는 생각을 하기 전에, 질투로 미쳐버리기 전에.

"레, 엔……."

그리고 동시에, 시노의 머릿속도 나로 가득 차면 돼.

둘만의 세계에 있을 수 있다면.

그건 얼마나 멋지고, 얼마나 행복할까.

모델인 나와 교사인 시노.

타인과 엮이지 않는 건 불가능한 일을 하고 있는 우리의 이루어질 수 없는 소원은, 호화스러운 욕실 밖으로 새어 나오는 것도 용서받지 못한 채, 수증기에 녹아 사라져 갔다.

제3화 "잔뜩 키스하면, 안 추워지려나"

아침, 이불 속에서 나오기 괴로운 계절이다.

봄, 여름, 가을, 언제나 렌과 같이 있고 싶다는 마음은 변함없지만.

추운 날씨에 사람의 체온이 그리워진 나는— 일어났을 때, 렌이 옆에 있으면 좋겠다고 전보다 더 강하게 생각하게 되었다.

따뜻한 겨울이라는 올해지만, 두꺼운 코트를 입고 출근해야 할 정도로 날이 추워졌다.

"좋은 아침입니다."

인사를 하며 난방이 돌아가는 교무실에 발을 들이자, 이미 출근한 선생님들에게서 답이 돌아온다.

벗은 코트를 록커에 걸고 자기 자리에 앉고, 옆자리의 오오쿠마 선생님께 인사를 건넸다.

"좋은 아침. 최근 완전 추워졌네—."

오오쿠마 선생님은 우아한 미소를 품은 정돈된 얼굴로, 아침의 졸림이나 둔함을 어디론가로 날려버리는 듯한, 상쾌한 인사를 건네왔다.

"정말 춥죠. 쿠마 선생님은, 추위 잘 타세요?"

오오쿠마 선생님은 학생들로부터 쿠마 선생님이라는 애칭으로 불리고 있어서, 나도 그렇게 부르고 있다.

영어를 담당하고 있는 쿠마 선생님은 두 살 연상으로, 이 학교 안에서는 가장 나이가 가깝고 옆자리라는 이유도 있어서 자주 이야기를 나누는 사이다.

"추운 것도 더운 것도 싫어서, 일본에서 생활하는 건 별로란 말이지. 하지만 12월은 춥고 바빠도 특별한 느낌이 있어서 좋아. 크리스마스나, 연말이나."

"아, 알 것 같아요. ……그보다, 벌써 12월이네요……. 저, 엊그제 취임 인사를 했던 것 같은데…… 이 1년, 엄청 금방 지나간 기분이 들어요."

"나이 들면 1년이 점점 더 짧아져. 나는 저번 주에 꽃구경을 하러 갔다고 생각했더니 벌써 크리스마스인걸."

"후후, 또 그런 과장된 말씀을. 쿠마 선생님은 저랑 두 살 차이 밖에 안 나잖아요."

"이 두 살이 크다─. 시노 선생님도 25살이 되면 알 거야."

쿠마 선생님이 부드럽게 웃으니까, 나도 덩달아 미소가 지어졌다.

나는 행운스럽게도, 직장 환경이 무척 좋은 편이라고 생각한다.

갓 졸업하고 들어온 이 학교에서는 모두가 연상에 선배

인 셈이지만, 교장 선생님도 주임 선생님도, 행정실 아주머니도, 언제나 허둥지둥 업무에 쫓기는 날 무척 친절하게 대해준다.

"아, 그래. 시노 선생님이 저번에 신경쓰던 우리 애한테 이야기 들어어. 자세한 내용은 비밀이긴 한데, 진로 때문에 부모님이랑 싸웠다는 것 같아. 다음에, 시간을 내서 좀 더 제대로 이야기를 듣기로 했어. 알아채줘서 고마워."

쿠마 선생님이 말하는 우리 애는, 쿠마 선생님이 담임을 맡고 있는 반의 밝고 기운 넘치는 여학생이다.

내가 수업에서도 적극적으로 발언하는 아이인데, 최근엔 어딘가 멍하니 있는 일이 많아져서 신경이 쓰였다.

내가 말을 걸어봐도 「아무것도 아니야, 괜찮아!」라며 웃으며 답할 뿐이었지만…… 쿠마 선생님한테 상담하길 잘했다. 그 아이도 쿠마 선생님이라면 고민을 털어놓을 수 있었던 거겠지.

교사로서 자신의 능력 부족에 조금은 좌절하지만, 학생의 상황이 조금이라도 개선되는 쪽이 중요하다.

"그랬군요. 일부러 말씀해주셔서, 감사해요. 학생에게 좋은 방향으로 흘러가면 좋을 텐데요."

"응. 내가 알아채지 못하는 일을 시노 선생님은 언제나 알아채주니까, 무척 고마워. 또 뭔가 있을 때 말해주면 무척 도움이 될 거야."

상냥한 쿠마 선생님의 말에, 내 마음이 가벼워졌다.

"네, 넵! 가, 감사합니다!"

좋은 사람들뿐인 동료 선생님들 중에서도, 난 쿠마 선생님에게 제일 교사로서의 동경을 품고 있다.

청렴하고 우아한 분위기에, 온화한 미소가 매력적인 쿠마 선생님.

남학생 여학생 가리지 않고 인기 있는 외견뿐만 아니라, 상냥하고 학생을 소중히 생각하는 배려심 있는 내면은, 그 이상으로 멋지다.

"쿠마 선생님은, 학생들이 무척 좋아하죠. 부러워요."

솔직하게 있는 그대로의 생각을 전하자, 쿠마 선생님은 한 순간 놀란 듯 하더니, 웃으며 내 어깨를 퉁 쳤다.

"시노 선생님한텐 그런 말 듣고 싶지 않네! 시노 선생님 쪽이 훨씬 인기 많잖아? 항상 학생들한테 둘러쌓여 있고!"

"저, 전 인기가 많기 보다, 학생들이 교사로 생각을 안 해 주는 것 뿐이에요……."

"어라? 왜 자기를 그렇게 낮게 보는 거야? 저번에 농구부 시합도 부탁받아서 응원하러 갔잖아?"

"아, 네. 농구부 아이들, 무척 열심히 하고 있어서 감동했어요! 시합도 접전이고 마지막 1분에 역전 승리였으니까요, 무척 흥분했단 말이죠!"

농구부 시합을 보러 간 건 처음이라 조금 긴장했지만, 정말로 재밌었다.

서로의 실력이 비슷한 좋은 시합이었다는 것도 한 몫했다 생각하지만, 제4쿼터는 보는 쪽도 긴장되어서, 심장이 터질 것만 같았다.

"나는 말이지, 고문 선생님도 아닌데 휴일에 학생의 응원을 하러 가는 시노 선생님은 대단하다고 생각하고, 시노 선생님이 응원해줬으면 좋겠다고 학생이 생각할 만큼 매력적인 선생님이라고 생각하거든."

"그…… 그렇게 칭찬해주셔도 아무것도 안 나와요……."

동경하는 쿠마 선생님이 흐림 없는 눈동자로 칭찬하면, 이래도 되는지 미안할 지경이라 얼굴이 뜨거워진다.

아직 노력해야 할 일이 산더미인데, 기분이 들떠버릴 것 같아……!

"빈말이 아니니까. 뭐, 그치만 요즘 시대에 무조건 열심히 일한다고 좋은 것도 아니고…… 뺄 수 있는 부분에선 적당히, 힘 빼고 하자구?"

그 말을 듣고— 나는, 렌을 떠올렸다.

저번에 링크 허밀튼 호텔에 묵었을 때, 렌도 같은 말을 했었다.

……응, 신경 써야지.

만일 나한테 무슨 일이 생기면, 렌이 슬퍼할 거라 말했고.

"아, 지금…… 연인 생각했지?"

"네에?!"

돌연, 표정에 대해 지적당해 움찔했다.

"아, 그게. 따, 딱히 그런 건 아닌데……!"

바로 부정하려고 했지만…… 아마, 지금 반응으로 이미 다 들킨 건 둘째치고 수습 불가겠지……?

그보다, 쿠마 선생님은…… 독심술이라도 쓰나?!

"아하하, 이번엔 독심술이라도 쓰나……?! 정도려나?"

"에에에?! 어, 어떻게 아시는 거예요……?"

혼란스러워하는 날 보며 웃고 있는 쿠마 선생님은, 어딘가 즐거워 보였다.

……무척 예쁜 얼굴로, 날 놀리는 부분도 조금…… 렌이랑 닮았을지도.

"글쎄? 어떻게일까? 자, 슬슬 아침 준비해야지?"

제대로 답해주지 않은 채, 쿠마 선생님은 컴퓨터로 시선을 옮긴다.

"아, 네! 죄송해요, 방해했어요!"

정신을 차리니 벌써 그런 시간이 되어 있었다.

슬슬 아침 조회가 시작될 테고, 오늘은 1교시부터 수업이 있으니까 제대로 준비해둬야지.

컴퓨터를 켜고 1주일 간의 태스크를 확인한 후, 딱 한 번 한숨을 쉰다.

1년의 일의 흐름을 잘 알지 못하는 신입인 나는, 12월에 교사가 이렇게 일이 많은지 처음 알아 놀랄 뿐이다.

자신이 고등학생일 적엔 당연히 몰랐고, 이해하려고 한 적도 없지만…… 선생님들 참 힘들었겠구나 하고, 4년이 지난 이후에 깨닫게 되다니.

오늘도, 야근이 확실하다는 걸 아침부터 알게 된다.

담임도 맡지 않은 나조차 이렇게 바쁘다면, 담임을 맡은 선생님들은 더욱 힘들고, 3학년 담임은 더 더 힘들겠지.

―그렇다면 나도 약한 소리만 뱉고 있을 순 없지.

기합을 넣고 기지개를 편 뒤, 스케줄 표에 넣어둔 19시부터의 예정에 시선을 준다.

게다가 오늘 밤은, 아주 잠깐이지만…… 렌을 볼 수 있다.

이 예정만으로 기운을 얻은 나는, 조금이라도 빨리 오늘의 일을 끝내기 위해 의욕이 타올랐다.

나도 렌도 최근 계속 바쁘다.

그럼에도, 바쁨의 사이 사이를 메우듯 나와 렌은 엇갈림이나 외로움 대책으로서 아무리 짧은 시간이라도 되도록 직접 만나기로 노력을 기울이고 있었다.

"이거, 맛있을지도."

나와 렌은 지금, 도심의 커피숍에서 겨울 신상품을 맛보고 있다.

신상품이 나올 때마다 둘이서 마시고 감상을 공유하는 데이트는, 고등학생 시절부터 쭉 이어오고 있는 우리의 습관 중 하나였다.

"이, 이쪽 기간한정도 맛있어. ……마실래?"

"오, 땡큐."

컵을 내밀자, 렌의 얼굴이 가까이 다가와 빨대를 물었다.

……지금도, 옛날부터 몇 번이고 반복해온 장면이지만…… 익숙할 터, 이지만…….

지금도 나는, 간접 키스를 한 것만으로 이렇게나 두근거린다.

……키스도, 그 이상의 것도 몇 번이고 하고 있는데.

"하하, 시노는 변함없네. ……오늘은 못하는 날이니까, 너무 흥분하지 말아라?"

"레, 렌?! 쉬—잇!"

황급히 렌의 입을 손으로 막으려 했지만, 렌은 뻔뻔한 얼굴을 했다.

"그, 그치만…… 누, 누가 들으면, 어, 어떡하려고……?!"

"들릴 리 없다니까. 모두 다른 사람 일 따위 신경 안 써. 봐, 주변을 둘러보라고."

고개를 들어, 부자연스럽지 않게 주변을 둘러본다. ……

확실히 모두, 컴퓨터를 보거나 스마트폰을 만지거나, 이어폰을 끼고 있는 사람도 많았다.

"하, 하지만! 렌은 안 그래도 눈에 띄잖아. 모델이니까 좀 더 조심하는 게 좋아……."

"그렇게까지 신경 안 싸도 된다고 생각하는데……."

마주 앉은 렌이 손짓으로 불러, 얼굴을 가까이 대자 귓가에 속삭인다.

"그럼, 작은 목소리로 말할게. ……다음에 만날 땐, 안아줘."

그 말과 함께 귀에 걸리는 숨이, 내 체온을 순식간에 상승시킨다.

당황하는 날 보고 싶어서 야한 말을 하는 의도는 알고 있는데, 난 제대로 귀까지 뜨거워져 있었다.

"정말! 레, 레엔~!"

"뭐 어때? 예약도 넣어놨는데."

귀엽고 멋진 확신범은, 만족스럽다는 듯이 웃었다.

남녀노소 다양한 사람이 섞인 시끌벅적한 가게 안의, 넓다고는 할 수 없는 공간에서.

렌과 마주 보고 앉아 수다를 떨며, 나는 뭔가 무척 행복한 기분이 들었다.

저번엔 고급 호텔에서 꿈같은 하루를 보냈지만, 이런 평범한 데이트도 역시 좋다.

그보다 렌과 함께라면, 난 어디에서든 웃을 거라 확신한다.

"······뭐야, 시노. 싱글벙글하네. 샌드위치가 그렇게 맛있어?"

"에헤헤. 즐거워."

"아? ······맛있냐고 물은 건데."

고개를 갸우뚱하는 렌을 보며 샌드위치를 볼에 가득 넣고 있으니, 기운을 잔뜩 받은 느낌이다. 내일부터도 일 힘내야지!

"시간 별로 안 남았긴 한데, 여기 나가면 어딘가 가고 싶은 가게라든가 있어?"

"아, 으음. 딱히 없어. 하지만······ 아직 돌아가긴 아쉽다고, 생각해······."

왜인지 렌은 날 빤히 응시하며, 작은 한숨을 쉬었다.

"······응? 레, 렌은 빨리 돌아가고 싶었어······?"

"아니······ 반대야. 시노를 돌려보내고 싶지 않아서, 곤란해."

손이 잡히자, 반사적으로 옆의 남자를 본다.

······한순간 이쪽을 보긴 했지만, 바로 시선을 피해줬다. 신사적인 사람이라 다행이다······.

신사가 너무 신경 쓰이지 않도록, 나는 서둘러 마지막 한 모금을 마셨다.

"스, 슬슬 나갈까? 걸으면서 생각하자."

"응, 알겠어."

그렇게 말하곤 자리를 일어선 렌은 내 손을 놓지 않은 채 걷기 시작했기 때문에, 우리는 손을 잡고 거리를 걷게 되었다.

렌과 손을 잡는 건 좋지만, 오늘은 평소보다 사람들의 눈이 신경 쓰였다.

도심인데다 사람이 많고, 렌은 인기 급상승 중의 모델인데, 괜찮은 걸까……? 이거, 소속사 NG인 거 아니야?

……내가 남자가 아니니까, 문제없는 걸까?

빙글빙글 생각하며 걷고 있자, 액세서리 숍의 앞을 지났다.

크리스마스가 가까워서 그런지, 폐점시간이 다가옴에도 불구하고, 가게 안은 무척 혼잡스러웠다.

문득 가게를 보고 있으니, 렌이 물었다.

"시노네 학교는 말이야, 교사는 액세서리 금지였던가?"

"아니, 그런 건 없어. 너무 화려한 건 자제하는 느낌이지만, 제각각이라 해야 할지."

그렇게 말하며, 난 쿠마 선생님을 떠올렸다.

쿠마 선생님은 우리 학교에서 제일 잘 꾸미는 교사라고 생각한다.

브랜드의 팔찌나 피어스는 매일 착용하고 있고, 모두 본인에게 무척 잘 어울린다. 여학생들도 「귀여워—!」라든가, 「나도 그런 거 갖고 싶어—!」라고 잘 이야기하고.

쿠마 선생님을 기준으로 생각하면…… 액세서리도 안 차고 네일도 안 하는 나는, 역시 평범하다고 생각한다.

"시노."

이름을 불리고 정신이 든다. 한순간, 의식이 렌이 아닌 다른 곳을 향해 있었다.

"아, 미안해, 렌. 잠깐 다른 생각 했어."

"후음— 나랑 있을 때 다른 녀석을 생각하는 건 금지다?"

잡힌 손에 힘이 들어가, 조금 아플 정도였다.

……지금의 이야기의 흐름이라면, 액세서리에 대해 생각하고 있겠거니 하는 게 보통일 거 같은데…… 렌은 어째서 다른 녀석이라고 말한 걸까?

아, 혹시 나 또 독심술에 당하고 있는 건가?! 렌도 그렇고 쿠마 선생님도 그렇고…… 내 주변 사람들은 초능력자밖에 없는 거야?

의문스럽게 생각하며 액세서리 숍 앞을 지나가다가…… 발을 멈췄다.

그러자, 내 손을 잡고 있는 렌도 걸음을 멈출 수밖에 없었다.

"왜? 가게 들어갈래?"

"으, 응. 조금 보고 싶어서……."

머뭇거리며 말하자, 렌은 우악스럽게 나를 끌고 들어갔다.

"뭘 망설이는 거야? 자, 들어가자."

쇼케이스 안에 수많은 귀금속이 늘어서 있는 가게 안은, 고등학생 때 크리스마스에 들어갔던 잡화점과는, 고객층도

가격도 조금 달랐다.

어른이 된 지 얼마 안 된······ 딱 우리처럼 20대를 메인 타깃으로 한 가게 같았다.

"예, 예쁘다······ 레, 렌은 지금, 액세서리라면 뭐가 갖고 싶어?"

그렇게 물으며, 난 힐끔 렌의 목 부분을 보았다.

내가 고등학생 때 렌에게 선물한 초커는 아직, 렌의 목에 걸려있다.

······렌은 모델이고, 사회인이고, 좀 더 좋은 걸 착용해도 좋을 것 같은데. 내가 선물한 걸 쭉 소중히 써주고 있는 마음이 기쁘다.

크리스마스인가, 1월에 돌아오는 렌의 생일인가······ 또 뭔가 선물을 하고 싶다고 생각했다.

"음— 당장은 떠오르지 않네. 아, 그치만, 시노가 골라주는 거라면 이 주변의 쓰레기라도 기뻐할 거야."

히죽거리는 렌의 얼굴을 보고, 내 꿍꿍이는 이미 다 들켰다는 걸 깨닫는다.

"······쓰, 쓰레기는 안 줄 거거든!"

"전에도 말했지? 나에게 줄 선물을 고민할 때, 시노 머릿속엔 나만으로 가득 차 있으니까 최고라고. 그러니까 오늘도, 시간 같은 건 신경 안 써도 되니까."

"아······ 고마워, 렌."

다행이다. 천천히 골라도 될 것 같아…… 가 아니라! 그러니까 왜 내 생각은 바로 들키는 건데?!

렌은 신경 쓰지 말라고 말해줬지만, 폐점 직전이기에 시간은 한정되어 있었다. 다양한 브랜드를 취급하고 있는 가게 안을, 나는 신중히 돌아봤다.

"렌이 촬영에서 쓰는 액세서리는 비싼 게 많아……?"

"스타일리스트의 개인 물건을 쓰기도 하니까, 다 비싸다고는 못하겠네."

"그…… 그렇구나. 미안해. 나, 액세서리에 대해 많이 알진 못해서."

게다가, 잡지나 인스타를 볼 때는 렌의 얼굴만 봐서, 정작 코디네이트 같은 건 잘 보지 못하고 있고…….

"아니, 딱히 사과할 일은 아니잖아. 팔찌도 반지도, 시노는 얇은 디자인이 어울릴 것 같네."

렌은 가까이 있던 골드 체인의 팔찌를 집었다.

"그, 그런가? 렌은 어떤 것도 잘 어울릴 것 같아."

난 가까이 있던 오닉스 피어스를 집어서, 렌의 귀에 대보듯이 비추었다. 응, 분명히 잘 어울려.

"아, 꽤 좋다. ……저기, 시노가 원하는 건."

"아, 저기!"

목소리를 높여 렌의 말을 끊은 건, 내가 아니다.

목소리의 주인에게 시선을 돌리자, 고등학생 정도의 여

자아이 두 명이, 어딘가 긴장한 얼굴로 서 있었다.

렌의 지인인가 하고 보고 있자, 렌도 완전히 나와 같은 생각을 하고 있었는지, 내 반응을 보고 당황한 표정을 짓고 있었다.

"저, 저기! 혹시, REN인가요?!"

—아, 그런가. 이제야, 이해했다.

이 아이들, REN의 팬이구나.

나는 곧장 잡고 있던 손을 놨다. 돌연 공중에 뿌리쳐진 손을 알아챈 렌의 눈이, 항의라도 하듯 내 쪽을 향한다.

나쁜 짓은 딱히 하지 않았다. 렌을 위한 행동이다.

어째서인지 죄악감을 느낀 나는, 렌의 시선을 피해 버렸다.

말을 건 여자아이들은, 우리의 찰나의 대화 따위는 신경 쓰지 않는 듯했다. 렌 밖에 보이지 않는 그녀들의 반짝이는 눈동자를 받아들이며, 렌은 격식 차린 단정한 웃음을 보였다.

"응, 맞아."

여자아이들은 와 하고 목소리를 높여, 흥분을 감추지 못했다.

"와—! 「어라, REN 아니야?」라고 생각해서, 가게에 들어가는 것도 말 거는 것도 긴장했는데, 용기 내서 다행이에요! 실물 대박! 우리, 잡지도 SNS도 엄청 보고 있어요!"

"우와, 얼굴 작다! 말랐어! 너무 귀여운데요?!"

"그래? 고마워. 기뻐."

상쾌한 웃음을 지으며, 렌은 여자아이들에게 오른손을 건넨다.

그녀들은 한 단계 더 흥분한 듯, 렌의 손을 양손으로 잡아 악수한다.

옆에서 보고 있는 나도, 렌의 대응에 반해버릴 것 같다.

그렇다는 건…… 실제로 이 웃는 얼굴로 손이 잡힌 여자아이들은 분명히 이제, 머릿속에서 렌을 떨칠 수 없게 되겠지…….

"고, 고맙습니다! 우리, 앞으로도 계속 REN을 좋아할 거예요! 응원하고 있어요!"

"땡큐. 시간이 늦었으니까, 조심해서 돌아가."

만족스럽게 자리를 떠나는 그녀들에게 웃으며 손을 흔들던 렌은, 그녀들의 모습이 보이지 않자 몸에 힘을 풀었다.

"……미안해, 시노. 데이트 중인데."

"아, 아니야! 그보다 뭔가, 나도 흥분했을 지도 몰라! 엄청나네, 렌! 연예인 같다!"

"과해. 그래도 뭐, 응원해주는 건 고맙지."

렌은 뭔가 냉정했다.

렌은 옛날부터 다양한 사람의 시선을 한 몸에 받으며, 비명이 올라올 정도로 인기가 많은 타입이었으니 익숙할 거라 생각했는데, 그런데 뭔가…… 그때랑은 다른 반응이다.

……설마?

"……렌은 그런 식으로 말 걸리는 일이 자주 있어?"

"뭐, 최근엔 비교적 늘었네."

렌이 아무렇지 않다는 듯 대답하니까, 내 쪽이 리액션이 커지고 만다.

"에―?! 그, 그렇구나…… 노, 놀랐어……."

호들갑이 아니라, 렌은 정말로 사람을 주목을 받는 게 일인 **연예인**이라고 실감했다.

그런 사람이 나 같은 거랑 같이 있는 상황이나…… 손을 잡는 걸 보이게 되어도 정말 괜찮을까? 방금 아이들은 렌밖에 보지 못한 것 같이 문제는 없을 거라 생각하지만…….

"어이, 시노."

이름을 불러 고개를 들자, 다시금 렌이 내 손을 잡았다.

"그런 표정 짓지 마. 불안해졌어?"

"헤? 아, 그러니까……."

"아무것도 변하지 않으니까 걱정할 것 없어. 난 시노를 좋아하고, 시노도 날 좋아해. 누가 감히 말을 하겠어?"

"……고…… 고마워."

자신의 볼이 뜨거워진 걸 느꼈다.

평소엔 날 놀리거나 부추기거나 하는 렌이지만, 이렇게 내가 불안해할 때는 언제나 올곧은 눈동자와 말로, 나를 안심시켜 주려고 한다.

난 렌의 이런 부분이 정말 좋다.

"아, 그치만. 나 말이야, 렌이 바람필 것 같다는 생각은 안 한다?"

"……응?"

고개를 까딱이는 렌의 머리 위에 물음표가 떠 있는 것 같아, 덧붙인다.

"그러니까, 그런 걱정을 한 게 아니라. 내, 내가 같이 있는 걸로 렌의 이미지가 나빠질까 봐 싫은 거야."

렌은 작게 한숨을 뱉었다.

"……그런 거였구나."

"으, 응. 그야 나는 엄청 평범하고, 렌의 옆에 있는 게 어울리지 않는다고 생각할 거야……."

"그거야말로 걱정할 필요 없어. 시노는, 좀 더 자기 자신을 객관적으로 볼 필요가 있어."

잡고 있는 손과 반대 손으로, 렌은 머리를 긁었다.

"미, 미안. 그건 무슨 의미야?"

"말 그대로야. 시노는 역시, **그렇**구나."

렌이 뭔가 삐진 것 같은 표정을 하는 이유를, 난 알 수 없었다.

가게를 나올 때는, 슬슬 돌아가지 않으면 안 되는 시간이 되었다.

"바이크였으면 조금 더 같이 있었을 수도 있는데. 다음 데이트 땐 바이크로 마중 나올게."

"괘, 괜찮아. 렌한테 미안하잖아. ……게, 게다가…… 지하철이면 렌의 얼굴을 보고 말할 수 있으니까 기쁜걸."

"……그렇게 귀여운 말을 해주다니, 역시 돌려보내기 싫은데."

데이트가 늦어진 날은, 상냥한 렌은 언제나 날 집까지 데려다준다. 지하철 안이기 때문에 나는 꽉 껴안고 싶은 충동을 필사적으로 참았다.

렌은 고등학교를 졸업하고 나서, 보통 자동 이륜 면허를 땄다.

나는 바이크의 종류나 디자인?을 전혀 잘 모르지만, 렌의 바이크는 크기가 큰 검정색이라 멋있다.

그리고…… 운전할 때의 렌은 그 이상으로 멋있다.

처음엔 「바이크라니 넘어지면 위험해!」라고 걱정했던 나지만…… 렌이 바이크를 운전하는 모습이 너무 잘 어울리는 바람에 지금은 렌이 바이크에 타고 올 때마다 심장이 두근댄다.

둘이서 수다를 떨며 걷고 있자, 눈 깜짝할 사이에 맨션 앞에 도착해버렸다.

더 함께 있고 싶었지만, 사회인으로서 내일을 생각하지 않으면 안 된다.

우리의 시간은…… 한정되어 있으니까.

"렌, 바래다줘서 고마워."

"응. 몸이 차니까, 얼른 뜨거운 물로 씻지 않으면 감기 걸린다."

그렇게 말하고 오른손의 장갑을 벗은 렌이 내 볼을 만진다.

······더 닿아있고 싶다.

키스하고 싶지만, 역시 여기선 안 되려나? 이웃에게 보이면 좀 그렇고 말이지. 으으, 그치만······.

"후핫, 시노 말야— 생각하는 거 다 보인다."

렌이 내 얼굴을 보며 웃는다.

"······에? 에?!"

"시노가 괜찮으면, 키스, 할 건데."

애당초, 하고 싶어서 견딜 수 없었다. 렌이 만져주고 응시해주면······ 내가 **하지 않는다**라는 선택지를 고를 수 있을 리 없다.

"나, 나부터 할래. ······렌, 눈······ 감아."

웃은 뒤 순순히 눈을 감은 렌의 입술에, 상냥하게 닿을 뿐인 키스를 한다.

입술이 떨어져도 렌의 눈은 꼭 감긴 채다. ······한 번 더, 라는 걸까?

다시 한번 닿자, 부드러움을 느끼기보다 먼저 렌의 입술이 열려, 더 깊은 곳까지 날 유인한다. 조금만이라면 괜찮겠지라고 좋을 대로 해석하며, 따뜻함과 쾌락을 좇아 침입한다.

조금만, 조금만.

……그렇게 생각했는데.

"……렌."

"……응……."

이름을 부르면 확실히 반응이 좋아지는 렌이 귀여워서.

내가 혀를 빼려고 하면 쫓아오는 렌이 사랑스러워서.

떨어지고 싶지 않아. 더 닿아있고 싶어. 돌아가고 싶지 않아.

자기 좋을 대로 행동하는 내 고집에 충고를 건네는 것 마냥, 누군가의 목소리가 가까이 들렸다. 정신이 든 나는 서둘러 렌에게서 떨어졌다.

커플이 둘, 담소를 나누며 우리 옆을 지나간다.

그들의 목소리가 멀어질 때까지, 나와 렌은 서로를 응시하고 있었다.

렌의 볼에 홍조가 돈 것처럼, 내 얼굴도 분명 열로 붉어져 있음에 틀림없었다.

다시 찾아온 정적 속에서, 우리는 거의 동시에 숨을 뱉었다.

"……이어서 계속할 수는 없겠지."

"으, 응…… 무척, 아쉽지만……."

내일의 업무. 누군가에게 보일 가능성.

그리고…… 서로 멈추지 못하면 어떡하지라는 불안.

이런 이유를 생각하면, 오늘은 여기까지 해두는 편이 최선책이라고 생각했다.

"……그럼, 갈게. 집 도착하면 연락할 테니까."

"조, 조심히 돌아가."

"응. 그럼, 또 보자."

그렇게 말한 렌이, 날 떠나가 버린다.

렌과의 키스는 정말 좋고, 허락된다면 언제든지 하고 싶지만…… 문제가 있다.

오늘 밤은 어떻게 해도 괴로움에 몸부림칠 게 분명했다.

난 도중에 끊겨 아직 열이 내리지 않은 몸뚱이를 가지고, 렌의 모습이 보이지 않을 때까지 번뇌를 떨치듯이 손을 계속 흔들었다.

◆

"좋은 아침입니다."

다음날 아침. 출근한 나는, 언제나처럼 옆자리의 쿠마 선생님께 인사를 했다.

"좋은 아침, 시노 선생님."

렌과 갔던 액세서리 숍을 떠올리고, 아침부터 아름다운 쿠마 선생님을 다시금 의식하며 보게 됐다.

심플하지만 고급감 있는 팔찌와 귀여운 네일이 선생님의 손을 화사하게 만들어주고 있었다. 베이지색 스커트 정장에, 목 부분이 살짝 보이는 플라티나 목걸이가 무척 잘 어울린다.

음…… 역시, 쿠마 선생님은 예쁘다.

"왜 그래~? 시노 선생님한테 뜨거운 시선이 느껴지는데~?"

아뿔싸, 너무 봐버렸다. 싱글싱글 웃고 있는 쿠마 선생님에게, 서둘러 변명을 해본다.

"죄, 죄송해요……! 그, 그냥 본 것뿐이지, 다른 의미는 없었어요……!"

"엥—? 그럼 왜 날 본 건데?"

"음, 그…… 오늘도 멋지구나 하고 생각해서요……."

너무 솔직했을지도 모르지만, 서툴게 거짓말하는 게 오히려 더 이상하겠지?

기분 나쁘다고 생각하실까……? 걱정하며 고개를 들자, 쿠마 선생님은 눈을 깜빡이고 있었다.

"……시노 선생님, 나한테 작업 거는 거야?"

"네에에?! 그, 그런 거 아녜요!"

"아하하, 미안, 너무 놀렸네. 농담이야~."

명랑한 웃음에 안도한다.

하지만, 사회인으로서 조심해야 할지도 모른다. 상대를 응시하며 관찰하는 건 실례되는 행동이고, 만일 이번이 쿠마 선생님이 아니라 나쁜 사람이었다면, 손해 배상금을 요구받았을 수도 있고……!

"무슨 일이야? 왜 그렇게 새파랗게 질려있어?"

망상 속에서 양아치들에게 둘러싸여 있던 나는, 쿠마 선생님의 말 덕에 현실로 돌아왔다.

……더 정신 차려야겠다, 나.

기다리고 기다리던 금요일이 왔다.

내일이 쉬는 날이어서라기보다, 오늘밤은 렌과 만날 수 있다는 이유가 크다.

오늘도 변함없이 아침부터 바쁘지만, 밤엔 렌과 저녁을 먹으러 갈 예정이다.

그러니까 오늘 하루는 평소보다 훨씬 힘낼 수 있을 것 같다.

……역시 학생들은 알아채버렸지만.

3교시가 끝나고, 점심시간이 끝나고, 6교시가 끝나고, 방과후에 학생들과 조금 잡담을 하고, 업무를 하고…….

"고, 고생하셨습니다……."

아직 남은 일을 처리 중인 선생님들에게 인사를 하며, 교무실을 나왔다.

손목시계를 확인한다. 정시에 돌아가는 건 역시 무리였지만, 렌과 약속한 19시까지는 어떻게든 맞출 수 있을 것 같다.

일단 집에 돌아가서, 옷을 갈아입고…… 앞으로의 동선을 시뮬레이션으로 생각하고 있자, 교문 부근이 떠들썩한 걸 알아챘다.

구두를 갈아 신고 밖으로 나온다. 떠들썩한 이유는, 여학생들이 잔뜩 모여있는 탓이었다. 여학생 특유의 높은 목소리가, 저녁의 주택지에 울려 퍼진다.

이건…… 주변 주민들에게 민원이 들어올지도 모른다.

그렇게 걱정한 나는 학생들에게 주의를 주기 위해, 사람들이 잔뜩 모여있는 곳으로 걸음을 옮긴다.

점점 가까워지자, 학생 중 한 명이 말을 걸었다.

"어라, 시노 선생님? 아직 학교에 있었구나. 수고ㅡ."

"응, 일이 남아 있었으니까. 그, 그것보다, 이건 무슨 소란인지 알려줄 수 있니?"

"괜찮지만, 선생님은 알고 있으려나? 역시, 직접 보는 편이 빠를지도!"

뭐가 뭔지 모르는 채로, 인파의 중심으로 끌려간다.

그리고, 그 중심에 있는 그녀를 본 순간ㅡ 나는 심장이 멈출 것 같았다.

"레, 레레레레, 렌?!"

그곳에는 애용하는 검은 바이크를 배경으로, 많은 여학생들한테 둘러싸인 내 연인이 있었기 때문이다.

"왜, 왜? 어째서 여기에?"

무척 동요한 나와는 대조적으로, 내 모습을 본 렌은, 상쾌한 미소를 지으며 손을 올렸다.

"여, 시노! 기다렸어."

그 말과 웃는 얼굴에, 주변에 있던 여학생들이 일제히 비명을 질렀다.

뭐, 뭘까…… 렌에 대한 이 반응…… 뭔가 마치, 렌의 팬 같다고 해야 할지…… 아, 그런가!

"모, 모두, 렌을 알고 있는 거니?"

"당연하지! 우리 세대에서 REN은 동경의 대상인걸!"

역시 그렇다. 학생들은 모델로서 활약하고 있는 「REN」의 팬인 거다.

동경하고 있는 REN이 돌연 학교 앞에 나타나면, 그거야 흥분하겠지.

저번에 액세서리 숍에서 렌에게 말을 건 여자아이들도, 같은 얼굴을 하고 있었다.

"그보다 REN, 실물로 보니까 훨씬 더 미인이다! 얼굴 되게 작고~!"

그렇지? 미인이고, 귀엽고, 멋있지?!

……라며, 실은 나도 학생들과 함께 소리를 지르며 소란을 피우고 싶다.

하지만, 지금은 교사로서 행동해야 한다.

REN과 내가 사귀고 있는 건, 렌과 내 입장을 생각하면 이 아이들 앞에선 절대로 숨겨야 한다!

"렌을 봐서 기쁜 건 이해하지만, 목소리를 조금만 낮추

렴. 근처 주민들에게 민폐니까 말이야."

부드럽게 주의를 주자, 모두 순순히 대답하며 잘 따라줬지만…… 내 힘이라기보다, REN에게 미움받고 싶지 않다는 마음이 크겠지…….

응, 렌은 역시 대단해.

순수한 마음으로, 학생들을 상대로 미소로 대응하는 렌을 보고 있자,

"시노 선생님이랑 REN은 무슨 사이예요?"

학생 중 한 명이 들뜬 목소리로 소박한 질문을 내던졌다.

그건 분명, 모두가 언제 물을까 하고 타이밍을 재던 질문이었다.

호기심 넘치는 학생들의 시선이, 질문을 받은 나에게 일제히 향한다.

평소 교단 위에 선다고는 하지만, 수업이랑은 다르다. 원래부터 주목받는 것에 면역이 없는 나는, 우물쭈물 망설인다.

"아, 음…… 렌이랑은 고등학교가 같아서……."

"와─?! 대박─! 부럽다~!"

고등학교가 같다고만 말했을 뿐인데 학생들은 깜짝 놀랄 정도로 달아 올랐다.

「고등학생 때도 REN은 인기 많았어?」 라든가 「시노 선생님이랑 REN은 어디서 놀았어?」 등, 질문이 잇따랐다.

얼른 이 소동을 수습해야 한다.

"자, 잠깐. 조용히 해야지. ……음, 그러니까."

나는 억지로 질문을 끊고,

"레, 렌이랑 나는 친구……."

—친구야, 라고 말할 생각이었다. 하지만, 말할 수 없었다.

말이 끝나기 전에, 내 머리에 빨간 헬멧이 씌워졌기 때문이다.

"……후에?"

이 빨간 헬멧은 렌이 준비해 준, 무려 내 전용 헬멧이었다. 선물 받았을 때는 무척 기뻤는데…… 가 아니라!

렌은 지금, 대체 무슨 생각인 거야……?

풀페이스 헬멧은 귀까지 덮어버려서, 학생들의 목소리가 조금 멀어진다.

하지만 내 바로 가까이에 있는 렌의 목소리는 분명하게 들렸다.

"이 녀석은, 내 거니까."

……렌?! 학생들 앞에서 무, 무무무, 무슨 소리야?!

헬멧 덕분에 내 얼굴을 학생들한테 보여주지 않아도 돼서 다행이다.

동요와 혼란으로, 교사로서 보여주기에 부적절한 얼굴일 테니까.

멀리 들린다고 생각했던 학생들의 목소리가 터질듯한 음량으로 귀에 닿는다. 그만큼 모두가 큰 목소리를 내고 있다는 것이겠지.

"레, 렌? 어, 어째서?"

"시노, 타."

터질듯한 심장을 뒤로한 채 바이크에 타자, 렌도 검은색 헬멧을 썼다.

"그럼 다들, 시노 선생님을 잘 부탁한다—."

렌은 학생들에게 그렇게 말하고는, 비명과 환성을 뒤로하고 날 태운 채 달리기 시작했다.

천천히 스피드를 올리는 바이크에서 떨어지지 않도록, 난 렌의 허리에 단단히 손을 둘렀다.

……학생들한테 주의했지만, 의미 없었네.

내일이면 도착해있을 민원 대응, 각오해둬야겠다.

오늘은 내 집과 렌의 집의 중간역 가까이에 있는 패밀리 레스토랑에서 식사를 할 예정이었지만, 일단 편의점에 들렀다.

따뜻한 커피를 사서, 바이크를 세운 주차장에서 마셨다.

차가운 공기 속에서 뜨거운 김이 선명히 피어오른다. 바이크에 타면 몸이 얼어버릴 정도로, 오늘은 날씨가 확 추워져 있었다.

뒤에서 렌을 붙잡고만 있었던 나조차 떨고 있었으니, 운전하는 렌은 얼마나 추울까.

커피를 쥐지 않은 쪽의 렌의 손을 잡자, 역시 얼어붙어 있었다.

"추워?"

"추워. 하지만 지금 따뜻해졌네."

렌이 날 응시하며 손을 만지작거리자, 내 체온이 급상승하는 기분이 들었다.

"그, 렌…… 괜찮을까? 학생들 앞에서 그런 말을 해도……."

"그런 말이라니?"

"어…… 그, 이, **이 녀석은 내 거니까**…… 라고……."

두근거렸던 렌의 대사는, 스스로 입에 담으려니 얼굴이 화끈했다.

"그야 사실이잖아? 아니면 시노 선생님은, 학생들 앞에서 거짓말을 하는 선생님인 거야?"

"윽…… 치사해……."

"……시노는, 나랑 사귀는 걸 학생들한테 들키면 곤란해?"

"고……곤란한 건 아니지만……."

사회인이 된 지 얼마 되지 않았을 때, 둘이서 정한 룰 중 하나.

렌은 모델, 나는 교사.

서로의 일에 무언가 영향이 가면 안 되니, 무척 친한 사람이나 신뢰할 수 있는 사람을 제외하고, 우리가 사귀고 있는 건 드러내지 말자는 이야기를 했다.

학생들을 정말 좋아하지만, 나와 렌의 관계를 이야기하는 건…… 아직, 이른 것 같다. 그렇기 때문에 아까는 꼭 숨겨야 한다고 생각해서 행동한 것이다.

하지만, 숨기는 행동으로 인해 렌이 괴로운 기분이 든다면…… 어떻게 해도 말하고 싶다면, 그렇게 하는 편이 좋은 거 아닐까……?

"……아니, 농담이야. 시노를 그렇게 고민에 빠지게 할 의도는 없었어. 미안."

꼭 잡은 손에, 힘이 들어갔다.

"아까 내가 한 말은, 그 애들도 진지하게 생각하지 않을 거야. 내 팬서비스 정도로밖에 생각하지 않을 테니까 걱정하지 마."

내가 예민했던 걸까? 렌은 상냥하게 웃어 보이며, 내 얼굴을 들여다 보았다.

"나, 나는 걱정 안 해. 그건 그렇고, 렌은 역시 여고생한테 무척 인기가 많은 모델이구나!"

"……아, 일단은 10대를 타깃으로 한 잡지에도 나오니까."

"대단하다! 렌이 인기있는 건 기뻐. 더욱 다양한 사람이 렌을 좋아해줬으면 좋겠다."

물론, 내가 세상에서 제일 렌을 좋아한다는 사실엔 자신

있지만.

내가 렌을 좋아하고 응원하는 마음을 많은 사람들과 공유하고 싶다.

렌의 매력을 더욱 넓고 깊게 알아줬으면 한다.

나는 「시라유키 렌」의 여자친구이자, 패션 모델 「REN」의 열혈 팬이니까.

"……시노는 말이야, 고등학생 때 「많은 사람들이 렌을 좋아해주는 편이 기쁘니까, 질투하지 않아」라고 말했던 거 기억해?"

"기억해. 근데 왜?"

"그건 지금도 변함없어?"

"으, 응. 오히려 지금의 렌은 모델이니까 더욱 많은 사람들이 좋아해줬으면 한다고 생각할 정도인걸?"

게다가, 난 모두가 모르는 렌을 잔뜩 알고 있으니까, 질투하지 않는다.

이것도 고등학생 때부터 변함없는 내 생각인데…… 렌에게 이야기한 적도 있으니, 알고 있겠지?

"흐음― 그렇구나―."

……왜인지 렌은 내 말이 마음에 들지 않는 듯해서, 목소리 톤이 평소보다 어두웠다.

"시노, 목적지 변경해도 괜찮아?"

"응? 어, 어딘데?"

"음―, 달리면서 생각할래. 어쨌든 조금 멀리까지."

"조, 조금 멀리라니……?"

"뭐, 오늘 중으론 돌아갈 수 있으니까 나한테 맡겨줄래?"

그렇게 말하며 렌이 날 응시하면, 난 거절할 수 없다.

오늘의 렌은 뭔가 덧없다 해야 하나, 이대로 두면 안 될 것 같아서, 가능한 한 가까이 있어야 한다는 생각이 들었다.

"아, 알았어. 렌에게 맡길게."

애당초, 렌과 함께라면 행선지는 어디든 상관없다.

비어버린 커피 용기를 버리고, 우린 다시 바이크에 타고 출발한다.

팔을 두른 렌의 허리는, 부러질 것만 같이 얇았다.

해가 진 겨울의 어두운 밤에 렌이 사라질 것만 같은 불안이 엄습해서, 나는 어쨌든 꽉 그녀를 껴안은 채, 놓지 않고 놓아줄 수 없다는 마음을 등 뒤에서 전할 뿐이었다.

해변 공원에 도착한 우리는, 바들바들 떨고 있었다.

"예, 예상보다 훨씬 춥네에……!"

"미, 미안…… 겨울 바다를 얕봤을지도 몰라……!"

바다에서 불어오는 차가운 바람은 우리의 몸을 용서 없이 얼어붙게 했다. 두껍게 껴입긴 했지만, 가만히 있으면 몸이 추워질 뿐이었다.

조금이라도 몸을 따뜻하게 하기 위해, 나와 렌은 둘이서 어깨를 붙이고 나란히 걸었다.

"그, 그래도 추워서인지 사람이 하나도 없어서 좋다! 조용하고!"

평일, 해가 진 해변 공원에 인기척은 거의 없다.

이전에 왔을 땐 5월의 일요일이어서 그런지, 가족이나 커플이 무척 붐볐었다.

같은 장소일 터인데, 다른 세계라고 생각이 들 정도다.

"뭐, 그렇게 말해주면 고맙지. 이렇게 추운데 데리고 와서 조금 책임감을 느끼고 있으니까."

렌이 미안하다는 듯한 표정을 지으니까, 난 가슴이 아파 왔다.

"그런 말 하지 마. 난 렌이랑 같이 바다를 볼 수 있어서 정말 기쁘단 말이야."

"⋯⋯응, 고마워."

기분 탓일까? 뭔가, 렌이 평소와 다른 것 같다.

살며시 피어 올라온 위화감의 이유를 찾기보다 먼저, 렌이 말한다.

"시노, 춥지만 저쪽에 앉자. 조금 지쳤어."

아마도, 학생 때였다면, 렌은 바다에 좀 더 가까운 모래 사장에 앉자고 제안했을 것이다.

하지만 지금은 내가 퇴근 후의 오피스 캐주얼 복장을 하고 있기 때문인지, 옷이 더러워지는 걸 걱정한 듯 바다에서 좀 떨어진 벤치를 가리켰다.

"으, 응!"

특별할 것 없는 언행에, 우리가 사회인이라는 걸 자각하게 된다.

벤치 위에 그대로 앉으려고 하는 렌의 엉덩이 밑에 손수건을 깔자, 렌은 「시노답네」라며 피식 웃고는, 손수건을 내 쪽으로 밀었다.

바다를 보고 있는 우리에게 불어오는 바람으로부터 서로를 지키기 위해, 우리는 딱 밀착한 채로 어깨를 기댄다.

내 오른쪽과, 렌의 왼쪽. 코트 너머로도 맞닿아 있는 부분이 따뜻해서, 렌에게 더 붙고 싶어졌다.

"뭐야. 어리광쟁이구만."

놀리듯이 말하며, 렌이 어깨에 손을 휘감아 왔다.

렌의 손에 내 손을 겹친다. 우리의 체온이, 점점 하나로 섞여 간다.

가슴 속에 「좀 더」라는 감정이 터져나온 나는, 주변을 슬쩍 보고 아무도 없는 걸 확인한 후, 마음껏 렌을 껴안았다.

"별일이네. 평소엔 밖이면 사람 눈 엄청 신경 쓰잖아."

"에헤헤, 사람도 적고, 어두워서 잘 보이지도 않으니까 괜찮을 것 같아서."

렌의 어깨에 고개를 묻는다.

샴푸와 렌의 목덜미 냄새.

밑에서 올라온다. 렌과 좀 더 맞닿아서 하나가 되고 싶다는 욕망이.

"……시노."

눈과 눈이 맞아, 의도를 알아챈다. 렌의 예쁜 얼굴이 가까이 다가온다.

입술이 닿고 렌이 천천히 떨어진다.

숨이 느껴지는 가까운 거리에서, 서로를 다시 바라본다.

—뭔가 잘 표현할 수 없지만, 이 순간.

세상에는 나와 렌 둘만이 존재하는 듯한, 행복과 적막함이 있었다.

"밖에서 키스하는 것도, 사회인이 된 후로는…… 꽤 줄었지."

"……그렇네. 어른의 사정이라는 게 있으니까."

그래, 지금의 우리에겐, 사람의 눈을 신경 쓸 수밖에 없다는 사정도, 지켜야 할 룰도 있으니까.

"오늘은 잔뜩 해도…… 돼?"

"당연하지."

렌의 답을 듣고 키스를 한다. 렌의 목덜미의 초커가, 달빛에 반사되어 빛난다.

"왜?"

"······오늘은 뭔가, 우리가 사귄다고······ 모두에게 말하고 싶어졌으니까."

그렇게 말하고는, 다시 입술이 닿는다.

"······알고 있어. 나는 일단 모델이고, 시노는 교사고, 우리의 관계를 입에 담는 건 그다지 좋지 않다는 걸. 그런 룰도 정했었고. ······하지만, 지금은 아무도 안 보잖아?"

주위엔 아무도 없고, 시야가 닿는 범위에 드문드문 있는 사람들은 각각 조깅을 하거나 바다를 보고 있어서, 우리의 존재따윈 안중에도 없었다.

"그러니까······ 더."

렌의 말이 끝나는 걸 기다리지 않고, 키스한다.

하지만 나는 이미 맞닿는 것만으로는 만족할 수 없었다.

렌의 입술을 혀로 핥자, 내 부탁들을 들어준 렌이 장난스럽게 혀를 살짝만 내민다.

난 품위도 이성도 잊은 채 그걸 빨아들이며, 우리의 경계선을 흩트리는 데 열심이었다.

너무나도 추운 기온은, 나와 렌이 키스할 때마다 거칠어지는 숨을 하얗게 물들인다.

밖에서 하는 키스가 기뻐서 눈을 뜨고 있던 나는, 새하얀 세상도, 렌의 얼굴이 점점 색기를 더해가는 모습도, 제대로 눈에 담아두었다.

궁극의 선택이었다.

관능적인 렌의 얼굴을 이대로 쭉 보고 싶은 마음과, 눈을 감고 이 기분 좋음을 더욱 깊이 느끼고 싶다는 마음, 양립 불가능한 두 선택지를 안고 사치스러운 고민을 한다.

"……렌."

입술이 떨어지자, 렌은 아쉽다는 듯 나를 본다.

"……부족해."

그렇게 중얼거리고는, 렌이 내 목에 팔을 두른다.

귀여운 여자친구의 소원에 바로 응해주고 싶은 마음을 억누르고, 이마에, 볼에 천천히 입술을 옮긴다.

"차가워졌네. 여기에 더 있어도 괜찮아?"

"응, 뭐어. 그보다 추운 건 시노도 마찬가지잖아."

키스로 체온이 올랐다 해도, 그것 이상으로 바닷바람이 세서 몸은 얼어붙는다. 만약 렌이 감기에 걸린다면 큰일이다.

"……더 많이 키스하면, 체온이 올라서 추워지지 않으려나?"

내 욕망을 알아챈 건지, 렌이 상냥하게 입꼬리를 올린다.

"……시험해볼래?"

그렇게 부추기는 듯한 눈으로 물으면, 스토퍼는 간단히도 해제된다.

그대로 목에 입술을 옮겨, 가볍게 혀로 훑고 나서는 옷으로 감춰진 덜미를 빨아들이고…… 내 **어른으로서의** 사고회로가, 주황 신호로 깜빡였다.

—이 하얀 목덜미에, 붉은 흔적을 남기고 싶다.

내 연인이라는 걸 증명하고 싶다.

갑자기 움직임을 멈춘 날 보고, 렌은 부드럽게 머리를 쓰다듬었다.

"흔적, 남기고 싶어?"

"……응."

"……미안. 오늘은 무리야."

"……응. 나야말로 미안해. 전에 둘이서 약속했는데."

하지만, 그런 바람은 이루어지지 않는다.

렌이 모델로서 활동하고 있는 한, 어떤 방식의 촬영에도 대응할 수 있도록, 촬영 예정이 가까울 때는 자본이기도 한 몸에 키스 마크를 남기지 않겠다고, 우리는 룰을 정한 것이다.

유치한 욕망을 몸에 꾹 눌러담고, 나는 렌에게서 몸을 떨어뜨렸다.

렌도 분명 나와 같은 마음일 거라고 생각한다. 내 손을 렌이 꼭 잡았다.

"……성인이 되고, 사회인이 되면 좀 더 자유로워질 거라고 생각했는데…… 뭔가, 전보다 속박된 기분이야."

"렌……."

이름을 부르고, 쓸쓸한 듯한 얼굴을 보고 있자, 렌은 웃었다.

"미안, 나답지 않은 말을 했네. 겨울 바다라는 시츄에이션 탓일지도 몰라."

"렌은 꽤 로맨틱한 면이 있으니까."

딱히 놀릴 생각은 없었는데, 렌은 조금 부끄러웠는지 얼굴을 붉혔다.

"시, 시끄러워! 그런 걸 말하는 시노한텐 벌이야, 에잇!"

렌의 손이 내 귀에 닿았다.

내가 추워하는 리액션하는 걸 기대했던 모양이지만, 렌의 손가락보다 내 귀가 더 차가웠던 탓에 몇 초의 침묵 뒤 웃음이 흘러나왔다.

"에헤헤, 아쉽게 됐네. 렌의 손, 따뜻해서 기분 좋아."

"……네 귀, 얼어서 떨어지는 거 아냐?"

입술을 삐죽이면서도, 렌은 내 귀를 따뜻하게 해주기 위해 천천히 부드럽게 만져주었다.

그 행동은, 그 상냥함은, 내 마음을 간지럽히기에 충분했다.

"……렌."

그렇게, 내가 다시금 얼굴을 가까이 들이댄 순간— 차가운 돌풍이 불었다.

모든 걸 얼게 할 듯한 강한 바람을 맞고, 우리는 서로를 마주 보고는— 서로, 무엇을 말하고 싶은지를 깨달았다.

"……따뜻한 곳에서 따뜻한 음료라도 마시자."

"그, 그러자. 가, 감기 걸리면 큰일이고 말이야."

"그럼 돌아갈까."

먼저 일어선 렌은 내게 손을 내밀어 주었다.

"고마워, 렌."

나는 그 손을 잡고, 공주님처럼 일어섰다.

집에 도착할 때까지가 데이트라는 걸, 렌은 언제나 실감하게 해준다.

"좋아, 가자. 돌아가는 길 운전, 엄청날 것 같네—."

자연스럽게 맞붙잡은 손을, 우리는 놓지 않았다.

얼마 전— 도심에서 사람이 많이 있었을 때는 어떻게 해도 시선을 신경썼지만…… 지금은, 괜찮지?

로퍼가 펌프스로 바뀌어도.

화장을 하고 밤에 돌아다녀도.

지금만큼은 그때의— 고등학생 때처럼.

상황은 전혀 다르지만…… 맞잡은 렌의 손바닥의 감촉만은, 옛날과 다를 바 없었다.

문득, 물어보고 싶었다.

"……저, 저기. 렌은…… 옛날이 더 좋았다고 생각할 때 있어?"

렌은 조금 간격을 두고는, 고개를 가로저었다.

"……없어. 지금도 옛날도 시노가 옆에 있으니까. 아무것도 변하지 않았어."

아무것도 변하지 않았다고 말하는 렌의 말에 무리가 있는 건 나도 알고 있다.

그리고 그걸, 렌도 마찬가지로 충분히 이해하고 있을 것이다.

아주 조금만, 뒤를 돌아본다.

모래사장을 걷는 우리의 뒤엔, 두 명분의 발자국이 찍혀 있었다.

그래, 우리 둘은, 쌓아 올려온 추억이 잔뜩 있다.

하지만, 추억은 뒤돌아볼 뿐…… 결코, 미래의 보증은 되지 않는다는 걸, 23살의 나는 이제 알고 있으니까.

"미…… 미안해, 렌."

렌에게 대답을 바란 자신의 미숙함에 부끄러워졌다.

"사과하지 마. ……있지, 시노."

"왜애?"

렌의 눈동자에 빨려 들어간다. 내 손을 잡은 렌의 손에 힘이 들어간다.

"좋아해."

"……나도, 정말 좋아해."

"응. 알고 있지만."

"그래도 말하게 해줘. 렌. 좋아해."

좋아해라고 서로 말하는 것으로, 달콤함이나 기쁨보다 애달픔이 먼저 밀려오는 건 처음이었다.

막간 키스마크 금지령

　계절을 약간 거슬러 올라, 올해 봄의 일입니다.

　나, 사오토메 시노도 고등학교 교사로서 도립 고등학교에 취임하고 나서, 약 1개월이 지났습니다. 매일 무척 바쁘고 배워야 할 일도 잔뜩이라, 솔직히 기진맥진입니다. 황금연휴가 이렇게 기다려진 적은 태어나서 처음일지도 모릅니다.

　황금연휴 첫날. 즉, 기다리고 기다리던 렌과의 데이트 날이 왔다.

　"지쳤을 때 사람이랑 만나고 싶은 건 인싸라니까?"

　귀엽고 멋있는 연인에게 그렇게 지적당한 나는, 눈을 깜빡였다.

　"에……? 그, 그건 아니야…… 내가 그럴 리 없잖아."

　"그래? 매일 지쳐 있으면서 나를 보고 싶어 하잖아?"

　렌은 침대 위에 엎드려 누워 있었고, 난 앉아서 이야기를 나누고 있었다. 그래서 렌이 날 올려다보며 웃어주는 형태가 되어, 생각지도 못하게 두근거렸다.

　이 집에는 나 외엔 아무도 없다. 부모님이 일에 나가서 안 계신다는 것도 아니다.

사회인이 되고, 난 홀로 자취를 시작했다.

가구도 식기도 새롭게 막 마련한 내 방에 오는 렌을 보는 게 무척 신선해서, 그래서…… 무척 가슴이 뛴다.

"하지만…… 지쳐있을 때 만나고 싶은 건 렌 뿐인 걸."

"너 진짜 귀여운 녀석이구나."

가까이 다가온 렌이 내 허리를 꼬옥 껴안았다. 렌이 붙어 있는 부분에서, 피로가 확 빠져나가는 것 같았다.

"어때? 기운 나?"

"……기운 나."

"하하, 잘됐네."

그렇게 말하고는 빙긋 웃는 렌을 보면 가슴이 뛴다.

이렇게 멋진 여자아이가 내 여자친구라니, 사귀고 나서 몇 년이나 지났는데도 아직 믿을 수 없을 때가 있다.

"레, 렌은 어때? 요즘 촬영이 늘었잖아……."

"어, 여유……라고 말하고 싶지만……. 장난 아냐, 다리 엄청 아파."

흔들고 있는 긴 다리에 시선을 주자, 렌의 얇은 종아리가 평소보다 부어있는 것처럼 보였다.

"괘, 괜찮아? 어제 촬영은 밖에서 반나절 이상 서 있었지? 히, 힘들었겠다……."

렌의 머리카락을 위로하듯 쓰다듬는다.

"힘들었어. 게다가, 내가 여기저기서 미숙하게 군 탓에,

스태프 사람들한테 민폐도 끼쳤거든."

"그, 그럴 때도 있는 거야. 기, 기운 내줘."

렌이 모델로서 일을 시작하고 2년 정도 지났지만, 최근 인기가 있는 렌은 눈에 보일 정도로 바빠졌다.

렌이 말하기로는, 내가 사회인으로서 일을 시작하고부터 일에 대한 모티베이션이 되고 있다…… 라는 것 같지만, 내 존재가 렌에게 긍정적으로 작용한다면 더할나위 없이 기쁘다고 생각한다.

"렌은 열심히 하고 있어. 괜찮아. 다음엔 더 잘 할 수 있을 거야."

내가 생각하는 것 이상으로 모델 일은 바쁜 것 같지만, 렌이라면 분명 괜찮을 거라고 난 믿어 의심치 않는다.

"……땡큐. 시노의 말이 제일 힘이 돼."

렌이 조곤조곤하게 말해주자, 오히려 내 쪽이 힘이 났다. 안 돼! 내가 렌을 격려해 주고 싶은데!

내가 렌을 위해 할 수 있는 건 뭐가 있을까?

패션에 대해 어드바이스……? 가, 가능할 것 같지 않아.

SNS를 통해 렌의 매력을 어필……? 더 무리야~!

여러모로 머리를 굴려보며 렌의 종아리를 가볍게 마사지해주자, 기분 좋은 듯한 목소리가 들렸다.

─이거다!

생각보다 마사지를 마음에 들어하는 걸 보고 기뻐진 나

는, 렌의 다리를 제대로 마주 보고 양손을 써서 지압을 해봤다.

발목 부근부터, 무릎 안쪽까지 조금씩 올라가면서.

그다지 해본 적이 없으니 자신이 잘한다고는 생각할 수 없지만, 렌은 상당히 지쳐있는 건지, 아니면 날 배려해주는 건지,

"완전 기분 좋아—."

밝게, 녹아내릴 것 같은 목소리로 칭찬해줬다.

그 목소리가, 단어가. 뭐에 내 마음이 자극받은 건지는 스스로도 모르겠지만, 단순히 야한 쪽으로 생각이 가는 나는 두근거림을 느꼈다.

순도 100%, 렌의 피로를 풀어주기 위해 시작한 마사지였는데.

숏팬츠를 입고 있는 렌의 얇고 형태가 정돈된 긴 다리가, 시각과 촉감으로 내 욕망을 일깨워 버린다.

"그, 그런가아…… 렌이 마음에 들어해서 기뻐."

라고 말하면서도, 난 점점 다른 것만 생각하고 있었다.

……렌은 지쳐 있겠지만, 이대로 건전한 마사지만 해서는 내 마음을 눌러 막아낼 수 없다.

"저, 저기……."

허락을 구하기 위해 허벅지까지 손가락으로 훑자, 렌의 몸이 움찔하고 튕겼다.

"……이봐. 뭐야, 그 손은?"

그렇게 말하면서도 렌의 목소리는 평온했고, 게다가…… 입가엔 웃음이 번져 있었다.

내 희망이 반영된 해석이긴 하지만…… 이 다음 것도, 용서해준 다는 의미로 받아들여도 되는 거지?

"……괜찮아?"

일단, 사전 확인을 받는다. 진심으로 싫어한다면 그만둘 생각이다.

……응, 나 자신이지만 정말 신뢰가 안 간다…….

"안 된다고 하면?"

"우…… 울면서 참을게."

그다지 자신은 없지만.

"그럼, 괜찮다고 하면?"

"……렌의 근육통이 악화될 거라 생각해."

"하하, 그것도 좋네."

하얀 이를 보인 렌은, 내가 정말 좋아하는 눈동자로 날 바라보며 도발적으로 말한다.

"괜찮아, 좋을 대로 해."

꿀꺽 침을 삼키고, 엎드린 채 움직이지 않는 렌에게 시선을 떨어뜨린다.

만져도 된다는 허가를 받은 순간, 내 안의 고삐가 풀렸다.

렌의 등을 덮치듯 끌어안았다.

"······이봐. 엄청 닿고 있는데."

"······렌, 좋아하잖아. 내······ 가슴."

일부러 귓가에 속삭이자, 렌의 귀가 붉어졌다. 귀엽다. 귀여워.

"몸, 일으킬게."

렌의 겨드랑이 밑에 손을 넣어 몸을 들어 올린다. 침대 위에 앉힌 뒤, 난 렌의 뒤로 돌아 파고들었다.

마른 몸을 내 팔 속으로 가둔 채, 꽉 껴안는다.

이렇게 있는 것만으로도 충분히 행복하지만, 욕심쟁이인 나는 물론 그 이상을 바라게 되는 것이다.

"······만질게."

뒤에서 앞으로 손을 뻗어 렌의 가슴을 양손으로 쥐자.

"읏."

귀여운 반응을 보여줬다.

—더, 더 그런 목소리가 듣고 싶어.

강약을 두거나 끝부분만 만지는 방식을 바꾸거나 하자, 렌의 반응이 격해졌다.

렌이 흥분해서 기분이 좋아진다는 건, 내가 기분이 좋아진다는 것과 같다.

목덜미에 입술을 대고 핥은 후 빨아들이려고 하는 순간.

"그, 그건······ 안 돼."

돌연, 저지당하고 말았다.

"응?"

거절당하는 이유를 모르겠어서 동요한다.

지금까지 이런 적은 없었는데, 어째서? 혹시…… 지금까지 생각한 적도 없었지만…… 보여주고 싶지 않은 사람이 생겼다든가?

"잠깐 기다려…… 그렇게 새파랗게 질린 얼굴 하지 마. 아니니까."

내 불안이 여실히 얼굴에 드러나 있었나 보다.

렌은 자세를 바꿔 내 얼굴을 정면으로 바라보며,

"모레 촬영이 있으니까, 몸에 흔적을 남기는 건 안 돼. 저번에 마지마 씨한테 지적당한 적이 있거든. ……미안해?"

마치 어린이에게 이야기하는 것처럼, 상냥한 목소리로 말해주었다.

"아…… 그렇구나. 그, 그렇네……."

납득할 수밖에 없는, 이치에 맞는 이유다. 나는 미소를 지으며 그 이유를 받아들……였다고 생각했다.

렌은 옛날부터 남자한테도 여자한테도 무척 인기가 많았다.

그러니까 렌의 매력을 더 많은 이에게 알릴 기회가 늘은 모델이라는 직업을 가지게 된 렌을 응원하고 있고, 렌이 더 인기가 많아졌으면 한다고 진심으로 생각한다.

하지만…… 키스 마크를 남길 수 없다고 듣고, 상상 이상으로 충격을 받은 내가 있었다.

렌은 인기인이지만 렌의 연인은 나뿐이다.

그러니까 분명 무의식중에 그걸 증명이라도 하는 것처럼, 키스마크를 자주 남겼다.

지금은, 학생 때와는 다르다. 렌은 프로 모델로서 일하고 있고, 심지어 인기도 있는걸. 열심히 하고 있는걸.

촬영에 지장을 줄 수 있는 행동을 해서는 안 된다.

……연인인데, 렌의 발목을 붙잡아선 안 돼.

"……미, 미안해…… 이, 일이니까 어쩔 수 없지……."

나도 렌에게 사과했다. ……렌이 신경쓰지 않도록 가능한 한 밝은 목소리로 답했지만, 내가 충격을 받은 건 다 들통 났나 보다.

"……완전히 풀이 죽었구만. 네 머리에 납작해진 강아지 귀가 보이는 것 같아."

렌은 내 머리에 귀가 자라지 않았는지 확인하는 것처럼 쓰다듬는다.

"귀, 귀 없거든……."

"그렇게 싫어?"

"으…… 응. 그, 그치만…… 싫다기보다, 렌의 일을 제대로 고려하지 못했다는 게, 나한테는 더 충격이야……."

"무슨 뜻이야?"

"음, 그게…… 그, 글러 먹었네, 나……."

이야기하는 새, 눈이 뜨거워졌다.

"렌이 모델을 한다고 들었을 땐 엄청 기뻤고, 인기가 생기기 시작한 것도 진심으로 기뻐하고 있어. 가장 응원하고 있다고 생각하는데…… 나, 렌에 대해 전혀 제대로 생각해 주지 못했어……."

렌이 바빠지는 건 예상하고 있었고, 만날 수 없는 시간이 느는 것도 알고 있었다.

하지만…… 키스마크가 안 된다니, 예상 외라고……!

"뭔가, 엄청 시노답다는 느낌."

그렇게 말하고는, 렌은 내 머리를 쓰다듬고 있던 손을 그대로 뺨에 가져다 댔다.

"귀, 귀찮다는 거야……?"

"아니야. ……그러니까, 뭐라 해야하지……."

렌은 약간 부끄러운 듯 나한테 시선을 떼고는, 중얼거렸다.

"아— 뭐, 가…… 가슴이라면, 촬영에도 영향 없지 않을까?"

얘상하지 못한 갑작스러운 허가에, 난 눈을 깜빡였다.

"에?! 저, 정말로? 괜찮아……?"

"뭐, 아마도. 가슴이라면 속옷으로 가려지고, 거기까지 보여질 일도 없으니까, 괜찮겠지."

난 내가 생각하는 것 이상으로 기뻐하는 것 같다. 머릿속은 이제 그것밖에 생각할 수 없었다.

"그, 그럼…… 흔적 남길게."

바로 밀어 넘어뜨려 옷을 말아 올리는 나를 보고, 렌은 웃고 있었다.

"기다려, 그렇게 달려들지 마."

"그, 그치만…… 렌이 괜찮다고……."

"안 된다고는 말 안 했다? ……흔적을 남긴다면, 좀 더 분위기를 소중히 해줄 순 없겠어?"

조금 얼굴을 붉히며 그렇게 말하는 렌이, 참을 수 없을 만큼 귀엽다.

내가 말하면 렌은 부정하지만, 렌은 역시 소녀다운 구석이 있다.

그것도…… 엄청 엉큼한 소녀다운.

"응…… 미안, 렌."

상냥하게, 부드럽게, 일단은 이마 키스부터 시작된 관계는— 목적과 수단을 알 수 없게 된 후에 보게 된 붉은 그것은, 날 무척 행복하게 했다.

◆

난 시노의 어리광을 너무 잘 들어주는 것 같다고 생각한다.

하지만 어쩔 수 없지 않아? 저렇게 귀여운 얼굴로 무척 미안하다는 듯이 고집을 말하는데, 누구라도 괜찮다고 생각하게 되지 않아?

"REN, 잠깐 움직이지 말아봐."

일을 시작하고 2년이 지났다고는 하지만, 모델 일엔 아직 익숙해졌다고 말할 수는 없다. 이렇게 촬영 전에 스타일리스트가 옷매무새를 정리해줄 때도, 아직도 조금 긴장하고 있을 정도다.

그래도 뭐, 촬영 횟수가 쌓이다 보니 잘 대처할 수 있는 일도 늘어갔다. 일 자체는 생각보다 즐겁고, 이 앞으로도 계속할 수 있을 것 같다.

라고 생각하고 있던 참이었다.

"음─, 속옷 사이즈가 조금 안 맞을지도 모르겠네. 사이즈 다시 잴게."

스타일리스트의 말에 나는 격렬히 동요했다.

"네?! 왜, 왜?!"

"사이즈나 색상이 맞지 않으면, 상의에 영향이 가니까 말이야. 금방 끝나기도 하고, 보통 있는 일이니까 부끄러워하지 마─."

"아니, 잠깐, 기다……."

내 허가는 필요도 없는 건지, 스타일리스트는 바로 속옷을 벗겼다.

불평을 말하는 게 맞는 건지도 모르겠는 내 가슴은, 순식간에 스타일리스트에게 노출되었고.

"……어머?"

시노가 집요하게 남긴 붉은 흔적을 보여주고 말게 되었다.

그때의 상황을 보고 있던 마지마 씨에겐, 나중에 제대로 혼이 났다.

"조·심·하·도·록·해."

낡은 비유긴 하지만, 머리에 뿔이 자라난 줄 알았다. ……저번에 시노한텐 강아지 귀가 자란 것처럼 보였으니까, 이 사이엔 엄청난 차이가 있지.

"잠깐, 제대로 듣고 있는 거야?!"

"……듣고 있어요. 죄송합니다."

"REN은 프로 모델이야. 프로라는 건, 돈을 받으며 일을 하는 사람이라는 거지. 만일 오늘이나 내일…… 갑자기 수영복 촬영이 들어오면 어떻게 할래? 수영복은 고를 수 없다고? 흉부가 오픈된 디자인이라면, REN한텐 부탁할 수 없어. 일이 하나 줄어드는 거야! 알겠니?"

도깨비의 형상이라는 건 딱 이거다. 마지마 씨한테 이렇게 혼나는 건 처음일지도 모른다.

"모델은 자기 자신이 상품이야. 어떤 형태로 찍힐지 모른다고! 프로 의식을 지니고 행동하도록 해! 알겠어?"

"……네."

순조롭게 모델이 되어 밥 벌어 먹고 사고 있는 셈인데…… 내 행동 하나로 민폐를 끼치게 되는 건 싫다.

SNS 등에서 반응을 보면, 나름대로 팬이 늘기도 했고…… 그런 사람들을 낙담시키는 것도 본의는 아니야.

프로 의식을 가지고 촬영에 임하지 않으면 안 되겠네.

하지만…… 시노에게, 키스마크는 안 된다고 말하면 실망하겠지…… 흔적 남기는 거 좋아하니까, 그 녀석.

다음에 만날 때 시노에게 뭐라 말하면 좋을지 고민하자 기운이 빠졌다.

◆

다음 주말, 쇼핑을 즐긴 후 시노의 집에 온 나는, 말할 타이밍을 보고 있었다.

"……렌…… 괘, 괜찮아……?"

시노의 눈동자가 빤히, 날 응시하고 있다.

둘만 집 침대 위에서 몸을 붙이고 앉아있자, 자연스럽게 그런 흐름이 되었다.

—지금이다! 라고 생각했다. 말한다면 지금뿐이다.

"기다려. 먼저 내가 말하지 않으면 안 되는 게 있어."

맑은 눈동자로 날 바라보는 시노를 보니 가슴이 아파온다.

시노가 풀이 죽을 건 눈 앞에 훤히 보이는 듯 하지만, **키스 마크 금지**를 돌려 말할 방법은 없다.

결국, 솔직하게 말할 수 밖에 없었다.

"저기, 저번에는 괜찮다고 말했지만, 역시 흔적을 남기는 건 금지야."

"엣, 뭐어어……?!"

쿠궁— 이라는 문자가 시노의 배경으로 보인다.

이게 방송 녹화였다면, 1카메라, 2카메라, 3카메라 전부의 각도로 영상이 흘러나올 정도로 훌륭한 리액션이었다.

……어쩜 이리도 알기 쉽게 충격을 받는 걸까.

오히려, 일부러인가? 내가 죄책감으로 금지령을 철회하는 걸 노리고…… 라니, 시노는 그런 타입이 아니지.

"미안해. 전에 한 번 괜찮다고 말했는데, 촬영에서 조금 문제가 있었거든."

"아, 아니야. 신경 쓰지 마! 그렇구나, 어쩔 수 없지……!"

입으로는 그렇게 말하지만, 시노의 표정은 흐려져 있었다.

"뭐야, 납득 안 간다는 얼굴인데."

"그, 그렇지 않아! 렌의 입장을 생각하면 참을 수 있거든!"

"사실은 싫잖아? 시노, 나한테 흔적 남기는 거 좋아하니까."

그렇게 말하고는 앞가슴을 벌리자, 시노의 시선을 확실히 느낄 수 있었다. 서툰 거짓말로 날 얼버무리려는 시노를, 조금은 놀려주고 싶었다.

"레, 렌…… 일부러 그러는 거지……?"

"난 언제나 진지한데? 키스 마크도, 나는 관계를 할 때 남겨지는 것도, 이렇게 애무할 때 남겨지는 것도, 무의식 중에 그러는 거겠지 하면서 빨리는 것도 좋아하거든—."

"그……, 렇구나……."

시노의 뺨엔 점점 홍조가 피어올라, 눈이 촉촉해졌다.

······좀 더 놀려도, 괜찮겠지?

이 다음에 제대로 **보상**을 줄 거니까.

"응. 그러니까 괴로운 건 시노 만이 아니라 나도 그래. ······나도, 시노가 남겨주는 흔적을 원한다고."

벌린 가슴을 시노에게 제대로 보여줄 작정으로 가까이 다가가자, 시노의 얼굴을 새빨개져 있었다.

"노······ 놀리지 마아······."

가슴이 뛴다. 이 얼굴이 보고 싶었단 말이지.

위험해. 귀여워. 내 여자친구, 엄청 귀여워!

"······있지, 렌. 난 진짜 어린애일지도 몰라······."

"······어디가? 이렇게 큰 가슴을 달고 있는데?"

시노의 커다란 가슴을 만지자, 볼을 부풀렸다. 이 얼굴도 귀여워.

"그, 그런 의미가 아니야!"

"저번에 네가 말했잖아. 「내 가슴 좋아하잖아?」라고."

"······그건 그렇지만."

"이 가슴을 만지고 싶은 남학생이라든가 수두룩하게 있겠지. ······안 돼, 짜증이 올라오기 시작했어. 내 건데."

상상하는 것만으로 화가 난다. 천으로 둘둘 말면 감출 수 있을까? 아니면 풀페이스의 헬멧이라도 씌워서 얼굴을 가리면······. 바보인가, 나는.

"그, 그렇게 생각하는 학생이 있을까……?"

"없을 리가 없잖아."

하지만, 나보다 시노 쪽이 더 심하다.

어쩜 이렇게 자신의 매력에 무자각인 거지?

"그, 그치만……. 그런 눈으로 보는 학생이 있다고 해도……."

시노의 눈이 슬쩍 나를 향한다.

"만지거나 빨거나, 좋을 대로 해도 되는 건…… 렌 뿐이야."

……어째서 이렇게, 시노는, 이렇게나…… 내 스위치를 누르는 걸까.

확 덮치고 싶은 마음을 꾹 참고, 나중에 제대로 안겨야지 하고 결심한 뒤 다시 이야기를 돌린다.

"당연하잖아? ……그래서? 왜 어린이 같다고 생각한 건데?"

"그, 그야…… 키스 마크 금지라고 들으니까 오히려 더 남기고 싶어지는걸……."

"뭐? 그걸로 어린이 같다고? 너무 빡빡한 거 아냐?"

그렇게 치면, 방금의 내 질투도 꽤나 어린애잖아.

고개를 갸우뚱하는 나에게, 시노는 왜인지 울 것 같은 얼굴로 중얼거렸다.

"그래도, 난 고등학교 선생님인걸? ……이런 내가 정말로, 아이들을 가르쳐도 되는 걸까? 앞으로도 선생님, 할 수 있을까……?"

"……너무 성실하잖아……."

시노가 불안해하는 근본적인 이유는 이건가.

내 입장에서 보면, 시노가 불안해할 요소는 (내 질투를 제외하고) 무엇 하나 없어 보이는데.

상냥하고 배려심 있지만, 지레짐작을 믿는 경향이 심한 내 연인은, 학생들을 생각하면 왜인지 자신이 없어진 것 같다.

"아직 5월인데? 사회인이 되고 2개월밖에 안 지났어. 자신이 없는 것 같다는 약한 소리를 하긴 일러."

어깨를 끌어당겨, 시노의 머리를 쓰다듬었다.

"시노는 학생들이 좋아하는 선생님이 될 거야. 절대로."

"……왜 그렇게 생각해?"

"내가 좋아하는 여자니까. 모두가 좋아할 거야."

"후훗…… 고마워."

"위로하려고 하는 말 아니야. 사실이라고."

인기가 생기면 그건 그것대로, 내가 질투할 미래가 훤히 보이지만.

이걸 말하면 또 성가셔질 것 같으니까, 지금은 말하지 말고 묻어두자.

시노는 어딘가 시원해진 표정으로, 스마트폰의 스케줄 어플을 열었다.

"렌 덕분에 월요일부터 또 힘낼 수 있어. 다음엔 언제 만날 수 있을까……? 일 스케줄 정해졌어? 저번에 물었을 때랑 그대로야?"

"아, 그래…… 잠깐 확인해볼게."

"고마워. 있지, 저번에 본가에서 맛있는 홍차를 받았는데, 렌한테도 줄게. 엄마는 렌도 마셔봤으면 하는 것 같더라."

홍차와 어머니 이야기를 들으며, 나도 스마트폰을 꺼내 어플을 열고…… 머리 위에 물음표가 떴다.

……어라? 혹시 이거, 돌아가는 분위기인가?

……응? 설마, 오늘은 안 하는 건가……?!

계속 내가 초조해하는 사이에도, 시노는 온화한 목소리로 이야기를 계속했다.

"홍차, 부엌에 뒀으니까 따로 꺼내둘게."

일어서려 하는 시노의 손을 잡고, 위를 올려다봤다.

"……저기, 시노."

……키스 마크 금지로 시노의 할 마음이 사그라든 거라면, 나한테도 생각이 있다.

"렌?"

잡은 손을 놓지 않은 채, 침대에 고쳐 앉았다.

"……다음 일 말인데. 다음 주 금요일까지는 촬영이 없거든."

"……응?"

시노는 고개를 갸우뚱 기울였다. 나도 말이 부족했지만, 시노도 눈치가 참 없다.

"그러니까, 그…… 오늘은 원하는 곳에 흔적을 남겨도 된다는 말이야."

그러니까, 제대로 직구로 말해야 한다. 내가 스스로의 목덜미를 손가락으로 가리키자, 시노의 눈이 반짝였다.

"……저, 정말?"

"그래. 나는 여기서 거짓말해서 시노를 절망시킬 만큼 나쁜 사람은 아니야. 일주일이나 있으면 흔적도 사라지겠지."

애당초, 오늘은 남겨도 좋다고 제안할 생각이긴 했다.

나도, 시노가 풀 죽은 얼굴은 그다지 보고 싶지 않고…… 키스 마크 남겨지는 것도, 딱히 싫어하지 않는다……기보다, 오히려 좋아하니까.

"얼마나, 괜찮은데?"

"오늘은 시노가 좋을 대로 해도 돼. 내가 장난도 좀 쳤고."

그렇게 말하고, 나는 시노에게 얼굴을 가까이 들이댄다. 키스로 시노에게 미안함을 전하고, 슬쩍 입술을 뗀다. 닿는 것만으로, 아니, 숨결을 느끼는 것만으로도 기분이 좋다.

"그리고…… 키스 마크 금지랑 본방 금지는 같지 않다는 거 알지? 그것만은 기억해둬라?"

"으, 응! 명심할게!"

솔직하고 귀여운 그녀에게 안기자, 부드러운 머리카락에서 좋은 냄새가 났다. 머리카락이 뺨과 목에 닿아 간지럽다.

"……역시, 엄청 큰 강아지 같아."

"그, 그렇지 않아."

"귀엽단 소리야."

"……그럼, 괜찮으려나?"

머리를 쓰다듬자, 웃는 시노의 입술이 목덜미에 닿았다.

"……음."

처음엔 가볍게. 그리고 조금 있자, 강하게 빨린다.

하나, 둘 숫자가 늘어간다. 마치 내 거라고 어필하는 것처럼, 시노는 강한 의지를 가지고 흔적을 남기고 있었다.

오싹함을 느낀다.

시노가 소유권을 주장해주는 것에. 내가 시노의 여자라는 걸 실감할 때마다.

"……좋아, 남겼어."

만족스러운 듯이 말하고는, 시노가 목을 핥는다. 강아지라는 비유는 역시 틀리지 않았다.

응? 그러고 보니…… 목?

"—잠깐. 목은 촬영이 아니라 일상 생활에도 지장이 생기잖아!"

"미, 미안, 렌! 조, 좋을 대로 해도 된다고 했으니까 나도 모르게 그만! 어디든 괜찮다고 받아들여 버려서……."

"아니, 그렇게 말은 했지만…… 뭐, 상관없나. 확실히 그렇게 말했고, 목을 가리킨 것도 나니까."

딱히 시노를 탓할 생각은 없다.

다만, 우리는 앞으로도 사귀는 사이일 테니까, 서로를 위해서라도 알기 쉬운 룰을 정할 필요는 있을지도 모른다.

"좋아, 시노. 룰을 정하자. 촬영 스케줄을 보고, 내가 흔적이 있어도 괜찮은 날을 말할 테니까, 그때는 키스 마크 남겨도 괜찮아. 하지만, 눈에 보이는 곳은 안 돼. 사회인이니까. 괜찮아?"

침대 위에 정좌로 앉아있는 시노가 끄덕인다.

"……응, 알았어."

"나도 뭐라 말할 처지는 아니지만 사회인으로서의 행동거지나 상식…… 귀찮지만 앞으로 둘이서 잘 배워 가야지."

"응. 나, 렌이랑 함께 어른이 되고 싶어."

시노의 손이 뻗어와, 내 손을 잡았다. ……시노의 바람은 내 바람이기도 하다.

두 명분의 바람이라면 분명 신 님도 들어주기 쉽겠지.

"……좋아해, 시노."

우리는 자연스레 얼굴을 마주보고 키스를 했다. 어떤 의미로는 맹세의 키스 같은 것이었다.

"저, 저기, 키스마크에 대해 확인하고 싶은데…… 평소에 생활하면서 보이지 않는 곳이라면…… **오늘**은, 어디든지 만들어도 되는 거지?"

"뭐, 그렇게 되네."

기분이 좋은 내가 시노의 무릎 위에 눕자, 시노는 피식 웃었다.

"렌은 날 강아지 같다고 했지만, 렌은 고양이 같네."

"뭐? 전에 쇼핑할 때 들은 적은 있지만…… 지금 그거 말할 타이밍인가?"

삐져있을 때의 옆 얼굴이 고양이랑 닮았다는 말을 들은 적은 있지만…… 왜, 지금?

"응. 얼굴이나 표정의 느낌도 그렇지만, 변덕스럽게 보이면서, 바로 어리광부리는 성격이라든가. 이 부근의 실루엣이라든가."

시노는 내 턱 부근을 쓰다듬었다.

"……어이, 완전히 고양이 취급이잖아."

"렌냥이, 귀엽네에~."

장난스럽게 웃으며 날 마구 만지는 시노의 허벅지를, 고양이처럼 손톱으로 가볍게 긁었다.

고양이…… 고양이란 말이지.

시노는 그런 의미를 알고 말하는 걸까?

뭐, 아마도 다른 의도 없이 생각한 걸 입밖으로 내뱉은 것에 지나지 않을 것이다.

"그런 것보다, 시노."

확 팔을 잡아 내 쪽으로 끌어당긴다.

"오늘은 키스 마크를 남기는 것만으로 괜찮은 거야?"

위쪽을 바라보며 묻자 시노는 얼굴을 붕붕 옆으로 가로

저었다.

"괘, 괜찮지 않아……!"

주저하면서도 확고한 의지를 가지고, 날 넘어뜨렸다.

"하하, 그렇겠지. 그렇게 나와야지."

그 이후의 내 수다는 전부, 시노의 입술과 손가락에 의해 막혀버렸다.

오늘은 남겨도 된다는 허가를 내줘버렸으니, 줄곧 참아왔을 시노의 욕망이 내 몸의 이곳저곳에 부딪혀왔다.

하지만, 방금 막 정한 룰에 순순히 따르며, 시노는 목이나 허벅지— 즉, 내 옷에 숨겨지지 않을 것 같은 곳에는 흔적을 남기지 않았다.

스스로 룰이라든가 잘난 듯이 말을 꺼냈지만, 그걸 시노가 제대로 지키고 있는 게 난 조금 불만스러웠다.

정말로 시노의 이성이 날아갔다면, 안 된다고 말한 곳에도 흔적을 남겼을 것이다— 라고 생각했으니까.

스스로가 모순되어 있다고 생각하면서도, 결국 내 사고는 시노의 행위에 빨려 들어가 아무것도 생각할 수 없게 되었다.

◆

시노와 맘껏 몸을 나누는 데이트를 끝내고, 집으로 돌아온 나는 씻기 위해서⋯⋯ 탈의실의 거울로 자신의 모습을 보고 목소리가 나왔다.

"대단하네—, 이거⋯⋯."

목에서부터 아래, 의복에 감춰질 것 같은 부분은 거의 전신에 걸쳐서.

내 몸은 시노라는 대형견에 의해, 온갖 곳에 마킹되어 있었다.

"시노 녀석⋯⋯ 정도가 심하잖아⋯⋯."

도중엔, 정신이 팔려 얼마나 흔적을 남기고 있는지 의식이 애매했는데⋯⋯ 설마 이 정도로 남겨져 있을 줄은 몰랐다.

크게 숨을 내뱉었다.

그래도 뭐, 허락한 건 나니까.

아니, 화난 게 아니다. 진짜 화가 났다면, 거울에 비친 내 얼굴은 이렇게나 따뜻한 표정을 지을 리 없겠지.

앞으로 모델로서 수요와 인기가 점점 늘 거라고는 생각하지만, 촬영 스케줄에 따라서는 앞으로, 이렇게 키스 마크를 남길 수 있는 기회는 없을 수도 있고, 오늘은 너그러이 봐주도록 하자.

그것도 그렇지만⋯⋯ 자신의 하얀 몸에 용서 없이 새겨진 흔적들을 보고, 왜인지 기뻐하는 내가 있었다.

아니, 어째서야⋯⋯ 이렇게 바보같이 흔적을 남겨져서는 기뻐하다니, 상당한 마조잖아.

—라며, 마음속으로 자조했지만. 결국엔 거울에 비친 자신의 얼굴이 답이었다.

　처음에 목에 남겨진, 다른 것보다 더 진한 흔적에 손가락으로 훑었다.

　그것만으로 시노가 느껴지는 듯해서, 몸이 뜨거워진다.

　계절은 봄. 터틀넥이나 머플러로 목을 가리기엔 계절감이 다르다.

　컨실러와 파운데이션으로 가려본다 해도, 무리가 있다.

　어떻게 하지…… 라고 생각면서도, 역시 웃고 있는 내가 있다.

　시노에게 보상을 줄 생각이었는데…… 나한테도 보상이었을 지도 모른다.

제4화 "더, 아프게 해줘"

 밤, 시노의 얼굴을 보고 나서 잠들고 싶다.

 일이 바빠지면 바빠질수록, 이런 내 소망은 커져만 갈 뿐이었다.

 세상에서는 섣달이라 불리는 시기, 사람도 거리도 지나치게 빠른 스피드로 하루 하루를 살고 있다. 마모되어 가는 생활 속에서, 중요한 걸 잃어버릴 것 같은 불안이나 외로움…… 눈에는 보이지 않는 괴물에게 마음을 다칠 것 같은 밤이 몇 번인가 덮쳐왔다.

 하지만, 집에 돌아왔을 때 시노의 존재를 느낄 수 있다면.

 난 그저 그것만으로 무엇이든 힘낼 수 있다고 생각해.

 '다, 다음 만날 수 있는 건, 언제려나아……?'

 귀에 댄 스마트폰에서 들려오는 시노의 불안해 보이는 목소리에, 마음이 아파온다.

 "……아직 모르겠어. 스케줄이 확정되면 또 연락할게."

 지금 가계약 중인 일이 정식으로 정해지면, 적어도 앞으로 2주간은 만날 수 없다.

 그렇다고 해서, 캔슬이 될 걸 전제로 데이트 날짜를 잡는 건, 시노에게도 일에도 무책임하니 그렇게 할 수 없다.

'그렇구나…… 알겠어. 난 렌한테 맞출 테니까, 신경 쓰지마? 조금이라도 만날 수 있다면, 언제든 괜찮으니까.'

최근, 내 일은 눈이 핑핑 돌 정도로 바쁘다.

되도록 직접 얼굴을 마주 보고 이야기를 나누고 싶으니까, 아주 잠깐이라도 예정을 맞춰서 저녁을 같이 먹곤 했지만, 내 일이 저녁부터 있거나, 지방에서 촬영이 잡히거나 해서 그것도 어려운 나날이 계속되었다.

주말과 공휴일에 쉴 수 있는 시노에게 미안하다.

어떻게 해도, 내 사정에 맞춰주는 꼴이 되어버리니 말이다.

"……항상 미안해."

'아니야. 렌이 모델로서 힘내고 있는 거, 기뻐.'

그 목소리는 밝고 힘차게 들리지만.

아무리 장기 연애 중이라 해도, 녹아들 정도로 사랑을 나누는 밤을 몇 번이고 보냈다 해도, 타인의 마음을 백퍼센트 이해하는 건 불가능하다고, 22년밖에 살지 못한 나도 충분히 알고 있다.

그러니까 조금이라도 시노의 마음에 다가갈 수 있게, 적어도 직접 만나서 얼굴을 보고 이야기하고 싶다고 생각하고 있는데, 그것도 어렵다는 게 안타깝다.

……아니, 사실은 이것도 허세다.

사실은 내가 그저 시노의 얼굴을 보고 싶은 것뿐이다. 시노를 만나고 싶은 것뿐이다.

"이제 늦었으니까 슬슬 자자. 다음엔 영상통화 하자."

그러고 보니 왜 생각을 못 했을까. 오늘도 처음부터 영상통화로 했으면 좋았을 텐데.

머리가 잘 안 돌아가는 걸 보니, 역시 꽤 지쳐있는 것 같다.

'으, 응! ……저, 저기, 렌. 하나 부탁이 있는데, 괜찮을까……?'

"뭔데?"

'그, 그게 있지. 렌이 괜찮으면 말인데, 그…….'

"뭔데 그래. 말해 봐."

시노는 왜인지 말하기를 주저하는 모양이라, 내가 재촉하자 그제서야 결의를 다진 것 같았다.

'렌의 셀카, 보내줬으면 해. 가…… 가능하면, 야한 걸로…….'

"……뭐?"

……방금 한 말 취소. 영상 통화가 아니라서 다행이다.

아니, 시노의 얼굴은 물론 보고 싶지만. 아마도 새빨개져 있을 내 동요한 얼굴을 보이는 건 꽤 부끄러우니까…….

'아…… 안, 되나요……?'

시노의 부탁을 거절할 이유는 없다.

내 사진을 바라는 시노는 귀엽고, 저 녀석이 기뻐한다면 뭐든 해주고 싶으니.

"······알았어. 그럼 이 통화가 끝나면 보낼테니까. 기다려."

'고, 고마워!'

"그 대신, 시노의 사진도 보내줘."

'아, 알겠어. 렌이 기뻐해줄 수 있도록, 노력할게······!'

"그래, 기대할게. 그럼······ 잘 자, 시노."

'잘 자, 렌.'

통화를 끊은 뒤, 크게 숨을 내쉬며 진정하려고 노력한다.

벌써 날짜가 바뀔 시간이 됐는데도, 흥분에 젖어 눈이 뜨여있는 내가 있었다.

시노는······ 평소엔 조용하고 자신 없어 하는 태도이면서, 무척 대담해질 때가 있단 말이지.

아니, 어폐가 있군······ 이런 쪽으로는, 엄청 밀어붙이는 타입이지, 저 녀석······.

뭐 됐어. 그럼, 야한 걸 정말 좋아하는 엉큼한 시노에게, 어떤 사진을 보내줄까.

침대 위에 책상 다리를 하고 앉아, 팔짱을 끼고 생각한다.

시노가 이런 요구를 한 건 사실 처음이 아니다.

지금까지 몇 번이고 경험한 적이 있고, 그보다······ 영상 통화하면서 서로 한다는, 더 과격한 짓도 한 적이 있다.

실제로 만져지고 있는 게 아니니까 부족함을 느끼긴 하지만, 그건 그것대로 뭐······ 꽤 나쁘지 않았다.

……탈선했군.

몇 번 경험해도 그때마다 진심으로 고민하는 건, 시노가 흥분했으면 좋겠다, 시노가 기뻐해줬으면 좋겠다라는 마음에서다.

일단, 파자마 단추는 풀어둘까.

하지만, 속옷을 입고 있으니까 딱히 야하진 않다.

속옷은 벗고, 파자마만 걸치고…… 난방 올려야겠다.

아래는…… 어떻게 하지, 벗는 게 낫나? 팬티만 입으면 너무 춥고, 실내용 양말은 신은 채로 괜찮나.

그럼, 찍어볼까. ……가슴은 좀 더 보여주자.

카메라의 셔터음이 방에 울려 퍼진다. ……음. 꽤 괜찮지 않아? 좋아, 보내자.

어떤 반응이 올까, 두근거리며 스마트폰을 앞에 두고 기다리자, 몇 분 뒤.

시노에게 답장이 왔다.

'렌, 대단해.'
'너무 야해서 오늘 못 잘 것 같아.'
'다음엔 집 데이트하자.'

메시지라서 시노의 리액션을 직접 보지 못한 게 아쉽지만, 이 연속의 단문이 시노의 흥분과 여유 없음을 드러내고 있기에, 난 절로 웃음이 났다.

'안을 생각인 거 다 보인다. 좋지만.'
'시노 사진은?'

'어떤 게 좋아……?'

응? 설마 리퀘스트를 들어준다고?

'그럼, 가슴 보여줘.'

……욕망을 문자로 표현하면 어쩜 이리도 단적이고, 어쩜 이리도 바보 같을까.

뭐, 상관없나. 내가 시노의 가슴을 좋아하는 건 저 녀석도 알고 있으니까.

그리고 몇 분 후. 전송된 시노의 사진을 본 나는, 스마트폰을 쥔 채 몸을 비틀며 침대 위를 굴러다녔다.

시노는 흉부를 열어젖힌 심플한 사진을 보내왔다.

잠깐 기다려, 최고잖아……! 보일 것 같지만 보이지 않는 아슬아슬한 느낌이나 부끄러워하는 표정까지, 시노의 소재가 잘 살려진 구도에 난 감동하고 있었다.

위험해. 너무 사랑스러워서 죽을 것 같아.

한밤중의 텐션으로 혼자 소란을 피우며 한바탕 즐기고 난 뒤, 슬슬 자지 않으면 안 된다고 생각해 침대 속에서 눈을 감는다.

……시노의 얼굴과 방금의 사진이 머릿속에 떠올라 사라지지 않는다.

외로움과 욕구 불만으로 잠들 수 있을 것 같지가 않은데?

시노도 내 사진을 보고 똑같이 괴로워하고 있었으면 좋겠다.

그런 고집스러운 생각을 품으며, 난 길고 긴 밤을 각오했다.

◆

10월에 시노의 집에서 데이트했을 때, 그 녀석을 **그런 기분**으로 만들기 위해 「난 안 참아」라는 말을 했었지만.

……뭐, 할 때는 어찌됐든.

보통, 사회인으로서 생활하고 있는 입장을 생각하면, 역시 참아야 하는 부분은 많다.

—그래서 결국 내가 말하고 싶은 게 뭐냐면.

"어머, REN! 다크서클! 엄청 내려왔잖아!"

내 얼굴을 붙잡은 마지마 씨가, 소란을 피우며 목소리를 높였다.

"그치만— 어쩔 수 없지 않아? 어제 촬영이 끝난 건 심야고, 오늘은 10시부터 시작이고…… 그거야. 다크서클도 생기고 피부도 상한다니까."

시노와 전화를 한 뒤 1주일간.

연말 스케줄인 데다가 거래처의 송년회에 얼굴 도장을 찍어야 하는 기회가 늘어서, 내 개인 시간은 거의 없어져 있었다.

세간은 크리스마스 시즌이 한창인데, 여름 옷을 입고 닭살이 돋은 채 미소를 만들어내는 나는, 오늘이 몇 월인가도 잘 모를 정도였다.

가계약 상태였던 일이 그대로 확정된 결과, 시노와 만날 수 있는 기회는 당분간 없어지고 말았다.

그게 내 피로를 백배는 늘리고 있는 것 같다.

"더 잘 팔리는 애들에 비하면 이 정도는 일도 아니다?"

마지마 씨의 말은 나에게 기합을 넣기 위한 것이 아니라, 그저 사실일 뿐이다. 톱 모델들의 활동력은 보고 배우지 않으면 안 된다.

"……알고 있어."

"자자, 헤어 메이크 받을 동안에 시노한테 파워 충전 좀 받아라. 아, 카네다 씨. REN의 다크서클 말인데요~."

헤어 메이크 담당인 카네다 씨와 이야기를 나누는 마지마 씨의 목소리를 들으며, 나는 스마트폰으로 시노의 사진을 봤다.

스마트폰 속에서 웃는 시노는 오늘도 귀엽다.

이렇게 귀여운데…… 아아— 어째서……!

"이렇게 귀여운 여자친구랑 만날 수 없다니, 고문이냐고!"

평소엔 모티베이션을 올려주는 시노의 사진이지만, 오늘의 내게 있어선 역효과였다.

……지난 밤. 서로 야한 사진을 공유한 날부터, 난 슬슬 여러 가지 의미로 폭발 직전이었다.

언제 뭐가 원인이 되어 불이 붙을지 모르는 스스로가 무섭다.

큰 한숨을 내쉬자, 마지마 씨가 어깨를 두드렸다.

"어머, 오늘은 충전이 안 되나 보네."

"설교는 안 듣고 싶네—."

"딱히 설교 같은 거 안 해. 젊은이는 사랑에 휘둘리도록 하렴."

"그것도 좀, 늙은이 같지 않아?"

마지마 씨가 날 가볍게 치자, 카네다 씨가 웃는다. 편한 사이이기에 가능한 장난의 일환이다.

"하지만, 내가 말하고 싶은 건 하나뿐이야. REN, 알고 있지?"

"응. 사생활에서 얼마나 심한 일이 있어도, 카메라 앞에선 프로가 되어라…… 맞지?"

"잘 알고 있네."

내 등 뒤에 선 마지마 씨가, 어깨를 주물러 줬다.

"REN은 모델로서는 키가 큰 편이 아니지만, 그 존재감은 톱레벨이야. 자신감을 가지고 오늘도 일하고 오렴."

마지마 씨가 날 평가해줄 때, 잘 쓰는 말이 나왔다.

"오케이. 제대로 하고 올게. 안심하고 보고 있어."

일부러 말해주지 않아도, 공과 사는 제대로 구분하고 있어. ……정확히는, 구분할 수 있게 됐다.

예를 들면, 다음날 일을 생각해서 이른 시간에 해산한다든가.

다음 촬영에 영향이 없도록 키스마크는 남기지 않는다든가.

그것들은 사회인이 되고 나서 조금씩 배우고 익혀온 매너라든가 당연함으로, 시노와 함께 나이를 먹어온 증거이기도 하다.

……라니, 조금 땅땅거려 버렸지만.

눈앞의 거다란 거울에 비친 나는 컨실러와 파운데이션으로 두껍게 발라야 숨길 수 있는 다크서클을 만들어 버렸으니. 아직 완벽하진 못하다.

"하지만, 다음 주 화요일은 기다리고 기다리던 오프잖아? 평일이지만, 시노랑 만날 수 있어?"

마지마 씨의 말에, 무심코 빙긋 웃어버린다.

"응, 밤 동안만이지만. 나도 시노도 기대하고 있어."

"만날 시간을 만들어주는 것만으로 엄청 좋은 연인이네.

서로를 배려할 수 있는 커플은 길게 간다."

"시노한텐 언제나 감사하고 있다구. 불규칙한 나한테 맞춰주고 있으니…… 어라?"

서로를 배려한다는 건 어떤 기준으로 성립하는 거지?

예를 들면 엄청 주관적으로, 내 저울로 시노의 나를 향한 마음과 나의 시노를 향한 마음을 잰다면, 내 쪽이 무거울지도 모르지만.

실제로, 배려를 행동으로 보이고 있는 비율로 생각하면…… 내 일 스케줄에 맞춰주고 있는 시노 쪽이 더 큰 것 같다.

"……뭐야, 그 얼굴. 시노한테 어리광부리기만 한 것 같다고 깨달았어?"

"시, 시끄러워—! 바이크로 시노의 근무처까지 데리러 간 적도 있거든!"

"뭐어—? 갑자기 데리러 와도, 나라면 곤란할 거야. 그건 시노한테 부탁받아서 한 거니?"

"……서프라이즈를 해줄 생각이었어. 기뻐해줄 거라고 생각해서."

하지만 그것도, 생각해보면 내가 1초라도 빨리 시노를 보고 싶어서 멋대로 한 행동이고…… 시노는 기뻐했다기보단 놀랐었을지도……?

"역시, 독단이잖아."

"……진짜냐……."

설마, 민폐였을지도 모르는 건가?

그 가능성에 생각이 미치지 못했음에 좌절한다.

"그런 얼굴 하지 마. 농담이야 농담."

"……도깨비. 촬영 전에 모델을 괴롭히는 매니저가 어디 있어……."

"괴롭힌 거 아니야. 게다가, 봐. 사생활을 일에 끌고 들어오지 않는 특훈이 됐지? 시노라면 어떤 말을 들어도 분명, 종소리가 울리면 제대로 **선생님**일 거 라고 생각하는데?"

……섣불리 시노의 이야기를 하는 게 아니었을지도 몰라. 이렇게 날 자극하기 위한 재료를 하나 줘버리게 된 셈이니.

하지만 확실히 마지마 씨가 말한 대로, 시노는 일과 사생활을 구분하고 있는 편인 것 같단 말이야.

시노는 학생들에게 「시노 선생님」이라 불리고 있고, 꽤 거리감이 가까운 것 같으니, 자주 「오늘도 놀림 받았어~」라든가 「위엄이 부족한 걸까아」라든가 걱정을 뱉곤 하지만.

근본이 성실하고 생각이 깊은 탓에, 제대로 알기 쉬운 수업을 하거나, 학생들 입장을 이해하며 대응하고 있을 게 분명하다. 젊고 귀여울 뿐인 교사라면, 그렇게까지 인기가 있을 리 없으니까.

시노가 꽤 인기가 있는 선생님이라는 건, 학교에 가서 학생들의 반응을 실제로 보고 실감했다.

시노에게 인기가 있는 건 나쁜 일이 아닐 것이다.

호텔에 머물렀을 때부터 가슴에 생긴 응어리는 아직까지 사라지지 않은 채, 이렇게 정기적으로 짙어져 내 생활에 지장을 준다.

그래…… 시노라면.

나 같은 건 생각하지 않고, 가르치는 일에 집중하고 있을 것이다.

그건 본래 있어야 할, 사회인으로서의 올바른 자세라고 생각하지만…… 제멋대로에 어린애인 나는 그게 싫었다.

시노는 언제 어떤 때라도 나만을 생각해줬으면 한다.

……아니, 너무 부담스럽잖아, 나…….

"REN, 시간 됐어. 가자."

"엑, 벌써? ……알겠어."

메시지를 입력하는 도중 스마트폰을 두고 일어선다.

타이밍이 맞지 않는 작은 스트레스.

시노와 엇갈리는 복선이 되지 않으면 좋겠는데, 라며 난 스스로— 플래그라는 걸 세우고 있었다.

◆

손꼽아 기다린다는 행위를, 22살이나 되어서도 정말 실천하는 날이 올 줄은 몰랐다.

오늘은 시노와 레스토랑 앞에서 만날 약속이었다. 시노한테는 「10분 정도 뒤에 도착할 거야」라는 메시지가 와 있다.

나는 바이크로 학교까지 데리러 가지 않았다.

한심하지만…… 마지마 씨한테 들은 「곤란할 거야」란 말이 마음에 걸렸다.

시노에게 있어서 민폐라면 싫으니까…….

……아니, 너무 신경 쓰는 것 같다.

시노, 얼른 오지 않으려나. 이렇게 기다리는 시간은 싫지 않지만, 오늘은 혼자 있으면 쓸데없는 걸 생각해버릴 것 같아 꽤 힘들다.

그렇게 기다리기를 딱 10분.

"미, 미안해, 렌! 기다렸지?"

일이 끝난 시노가 종종걸음으로 다가왔다.

……뭔가, 시노의 주변만 빛나보일 정도로 귀여운데?

오랜만에 만난 여자친구를 보고, 요 며칠간 쭉 흐렸던 기분도 일단 아무것도 없었던 것처럼 웃음이 새어 나온다.

"아니, 전혀 안 기다렸어."

"그치만, 렌의 뺨 차가워졌어."

장갑을 벗은 시노의 오른손이, 슬쩍 내 뺨에 닿는다.

가까이 보는 그 얼굴과 동작에 무심코 키스하고 싶어졌지만, 이곳은 보는 눈이 많으니 참아야 한다.

"괜찮아. 얼른 들어가자."

"응!"

문을 열고 둘이서 같이 발을 들이자, 따뜻한 공기와 손님들의 말소리가 우리를 행복한 기분에 젖게 했다.

"어서 오세요. 2명이신가요?"

"네. 예약한 시라유키입니다."

"시라유키 님…… 네. 확인했습니다. 안내하겠습니다."

작은 요소긴 하지만, **2명**이란 것도, **시라유키**란 이름으로 시노가 안내받는 것도, 내 기분을 좋게 하는 이유가 된다.

오늘이 둘만의 데이트라는 걸 실감할 수 있고, 결혼해서 가족이 된 것 같은 기분이 되기 때문이다.

점원이 안내해준 테이블에 앉았다.

마실 것을 주문한 뒤, 마주본 시노와 서로 미소 짓는다.

"이 가게, 오랜만에 와서 기쁘다."

"요전에 뭔가 텔레비전 방송에 소개됐다는 것 같아서, 주말은 꽤 예약이 많이 차 있었어."

이곳은 교외의 숨은 맛집 같은 프렌치 레스토랑인데, 일본의 향토 요리를 프랑스 요리로 재해석하는 등, 꽤나 재치가 있다. 해야 하나, 센스가 있는 사람이 셰프를 맡고 있다. 그러니까 요리를 보는 것만으로 재미있고, 무엇보다 전부 맛있다.

나랑 시노는 이 가게를 꽤 마음에 들어서, 학생 때부터 몇 번씩 방문하던 곳이다.

"전에 온 게 봄이었나?"

"맞아. 제철 재료의 포타주가 맛있었어."

"아— 산채가 든 그건가. 잘 기억하고 있네."

"응. 렌이랑 피크닉 했을 때「이 풀도 먹을 수 있는 거야?」라고 대화했던 것도 전부 기억하고 있는걸."

미소를 짓는 시노가 귀여워서, 이곳이 집이었다면 지금 당장 덮치고 싶었다.

이런 식으로, 그 당시의 데이트와 가게의 요리가 연결되는 일도 있다. 나와 시노와의 추억을 이야기할 때 떼어놓을 수 없는 가게인 것이다.

"머, 먹보라고 생각했어……?"

"그런 생각 안 해. 귀엽다고는 생각했지만."

시노가 눈에 보일 정도로 붉게 달아올랐다. 수천번이고 말한 단어에, 아직도 이렇게 쑥맥 같은 반응을 보여주다니, 최고로 귀엽다.

나온 음료를 마시면서, 난 아주 기분이 좋아졌다.

이렇다 할 것 없는 평범한 잡담을 나누고 있자, 누군가가 말을 걸어왔다.

"어라? 시노 선생님?"

차분하고 정돈된 목소리였다.

시노가, 목소리가 들린 쪽을 본다. 그리고 그 얼굴이 확 밝게 빛나는 것을 보고…… 내 안에서 초조함, 혹은 질투심이 순식간에 불타올랐다.

머리로 생각하기 전에, 나도 고개를 들어 시노가 그런 표정을 짓게 한 여자를 확인한다.

시노에게 말을 건 것은— 마르고, 예쁜 사람이었다.

"쿠마 선생님! 어, 어째서 이곳에?"

—이 사람이, 시노가 자주 말하던 쿠마 선생님인가.

지금까지 시노가 이야기해줬던 에피소드와, 눈 앞에 있는 여자의 정보가 연결된다.

미인이고, 세련되고, 상냥하고…… 직장 선배로서, 시노가 꽤나 잘 따르고 있는 선생님이었지, 분명.

"어째서라니? 아하하, 밥 먹으러 오는 것 말고 달리 이유가 있겠어?"

"죄, 죄송해요! 그, 그렇죠!"

난 의도적으로 빤히 관찰하듯이 둘의 대화를 보고 있었다.

시노의 천연스러운 발언에 태클을 걸면서도, 싫게는 들리지 않는 목소리와 표정. 시노도 무서워하거나 위축되지 않는다.

"이 가게, 전에 시노 선생님이 추천해줬잖아? 언젠가 꼭 와야지 생각했었으니까, 오늘은 일을 마치고 이른 시간부터 즐기고 있었어. 시노 선생님은 지금부터?"

"네, 네. 일이 늦게 끝날 걸 예상하고 늦은 시간에 예약했거든요. 저도 쿠마 선생님처럼 더 스피디하게 일을 할 수 있으면 좋을 텐데요……."

맨손으로 심장을 만져지는 듯한, 무척 싫은 기분이 덮쳐 온다.

학생 시절부터 마음에 들어했던 이 가게…… 나와 시노의 추억의 장소에, 더러운 발로 침입당한 기분이 들었으니까.

이 사람한테 나쁜 의도는 없다. 물론 시노한테도.

그저 내가 멋대로 불쾌하게 여길 뿐이다.

"일은 싫어도 잘하게 될 테니까 걱정 마. 그것보다, 이 가게를 소개시켜준 시노 선생님과 설마 같은 날에 오게 될 줄이야, 정말 우연이네. ……뭔가 미안하네? 업무 외 시간에 직장 선배랑 만나는 거, 싫지?"

"아, 아뇨! 그렇지 않아요! 쿠마 선생님이랑 만나서 기쁜 걸요!"

가슴 앞에서 손을 붕붕 흔들며 부정하는 시노를 보고, 그 사람은 웃었다.

"뭔가, 엎드려 절 받기 같네. 미안. 하지만 난 시노 선생님이랑 만나서 운이 좋다고 생각하고 있어."

"노, 놀리지 말아 주세요……."

담소를 나누는 둘의 목소리를 듣고 있으니, 가슴 속…… 아니, 더욱 안쪽에서 어두운 감정이 왈칵 터져나와 멈출 수 없다.

난 이렇게 마음이 좁은 녀석이었나?

"아, 미안해요. 동행자 분이 계시는데 끼어들어서."

그 사람의 시선이 날 향했다.

"안녕하세요."

"안녕하세요—."

부드러운 미소에, 영업용 스마일로 인사했다.

가슴 속은 경계심으로 가득 차있긴 하지만, 시노를 위해서라도 나쁜 태도로 대응할 수는 없으니까.

"저는 사오토메 선생님과 같은 학교에 근무하고 있는, 오오쿠마라고 합니다. 사오토메 선생님과는 나이가 가까워서……앗, 엥?!"

온화했던 그 미소가 순식간에 경악의 표정으로 바뀌더니, 안 그래도 큰 눈이 번쩍 뜨였다.

"……잠깐?! 혹시, REN……?"

"네, 그런데요."

조심스럽게 건너온 질문에, 대답했다.

날 알고 있을 거라곤 생각하지 못했다. 어느 잡지에서 알게 된 거지? 아니면 SNS인가?

"에엑?! 진짜?! 저, 팔로우하고 있어요! 캐주얼 계통의 옷은 잘 입지 않긴 하지만, REN이 소화하면 정말 세련되어 보인다고 생각해서! 정말 좋아해요!"

"시노의 선배님께서 그렇게 말씀해주시다니 영광이네요. 감사합니다."

스스로 놀랄 정도로 얄팍한 말이 나온다.

멋대로 적대시하고 있는 본심이 들키지 않도록, 겉으로만 붙임성 좋게 행동하는 것에 필사적일지도 모른다.

그 사람은 무척 흥분한 채로 시노에게 물었다.

"와, 대박—! 시노 선생님은 REN의 친구인 거야?"

시노는 어딘가 자랑스러운 듯 가슴을 펴고…….

"네. 고등학생 때부터 쭉……."

한순간, 말이 끊겼다.

머릿속으로, 내뱉을 단어를 고르고 있는 것처럼 보였다.

"—쭉, 사이 좋은 친구예요."

그렇게 말하고 웃는 시노의 얼굴을 본 그 순간—, 나는 스스로도 제어할 수 없을 정도의 강렬한 짜증을 느꼈다.

상대는 직장 선배다.

교사라는 시노의 입장이나, 모델로서의 내 입장을 생각해서 한 말이라는 걸 머리로는 이해하고 있다.

하지만, 시노가 날 **연인**이 아니라 **친구**라고 소개한 게, 어떻게 해도 용서할 수 없었다.

게다가 나는 잘 모르는 내용으로 즐겁게 대화를 나누는

둘을 곁눈질하며, 내 마음은 점점 거칠어져 갔다.

"친구가 기다리니까 슬슬 가볼게. 이제 돌아가려던 참에 시노 선생님을 발견하고 달려와버렸으니까 말이야."

"네, 네. 내일 학교에서 뵐게요."

시노가 건넨 인사에, 이상할 정도로 가슴이 찔리는 듯했다.

이 사람은 이유가 없어도 내일도 시노를 만날 수 있는 건가.

"응, 내일 보자. 즐겁게 식사해. 그리고…… REN도, 식사 중에 방해해서 죄송해요. 앞으로도 REN을 응원할게요!"

마지막에 나에게도 말을 건네주는 부분, 사회인으로서 제대로 된 사람이라는 게 느껴진다.

"감사합니다. 우리 시노도 잘 부탁드려요."

그렇게 대답한 나는 뭔가 자신이 위에 있음을 어필해버린 것 같아서, 어른스러운 인사를 한 그 사람과 비교해 쓸데없이 패배감에 휩싸였다.

"네, 맡겨주세요. 그럼, 실례하겠습니다."

고개를 숙이고, 구두 소리를 내며.

화사한 분위기를 두른 채, 그 사람은 떠난다.

가게를 나가기 전에 다시 한번 이쪽을 보고 손을 흔드는 그 사람에게, 시노는 꾸벅 가볍게 인사를 하고 있었다.

연인의 직장 선배 상대다. 본래라면 나도 시노와 같이 가볍게 인사를 해야 하겠지만…… 어떻게 해도 되지 않았다.

어린애 같다고 생각한다. ……시노의 옆에 있는 존재로서 어울리지 않을 정도로.

"오래 기다리셨습니다. 호박 스프입니다."

풀이 죽어있는 나에게, 마치 가게 측에서 기운 내라고 말하는 것처럼 딱 좋은 타이밍에 요리가 나왔다.

"와아! 맛있어 보인다, 렌!"

"그래, 맛있어 보인다."

눈을 반짝이는 시노와 함께 「잘 먹겠습니다」를 하고, 따뜻한 스프를 입에 넣는다.

맛있다. 차게 식은 몸을 따뜻하게 해주는 효과는 충분히 있다.

하지만, 내 아수라장이 된 마음을 완전히 복구해주는 효과까지는 없는 모양이었다.

"……뭔가, 나랑은 정반대 타입의 사람이었네."

마음을 고쳐먹을 수 없는 내 입술에서는, 비아냥이 섞인 말이 흘러나왔다.

여자 같고, 고운 말을 쓰고, 품위 있는 자태. 선배로서도 제대로 된 사람일 것 같았다.

……시노의 선배로서는 완벽하잖아?

"그런가아? 쿠마 선생님이랑 렌, 닮은 구석 있는데?"

동의를 얻을 거라고 생각했지만, 시노는 고개를 기울이며 멀뚱거렸다.

"뭐? 어느 면이? 나한텐 여자라는 것 정도밖에 공통점을 못 찾겠는데."

"음, 내가 생각하는 걸 바로 맞춰버리는 점이라든가."

아니…… 아마 그건, 나랑 저 사람의 공통점이라기보다
는…….

"……그건, 시노가 생각하는 게 얼굴에 드러나기 쉬운 거
아냐?"

"……에?! 그, 그렇지 않아!"

"봐, 지금 얼굴이라든가. 일단 부정은 했지만「그렇게 난
얼굴에 다 드러나나?!」라고 초조해하고 있잖아?"

"후에에에에?! 어째서?!"

웃으면서 맥이 빠졌다. 이런 거, 평소부터 시노를 보고
있으면 나 저 사람뿐만 아니라 다들 알 수 있는 거잖아.

—평소부터 시노를, 보고 있으면?

혹시, 내 예상이 적중했다면…… 시노는 그걸 알고 있을까?

"……아니면…… 저 사람이 시노한테 관심이 있으니까,
잘 보고 있는 거라든가."

떠보려는 의도로, 긴장하면서 물어본다. 실은 이미 고백
받은 적이 있다든가, 고백에 가까운 어프로치를 받은 적이
있는 거 아니야……?

"설마, 그럴 리 없잖아~."

시노는 웃으며 부정했다. ……얼굴에 다 드러나는 타입이
니까 거짓말은 아니라고 생각하지만…… 애초에, 그 사람

의 호의를 알아채지 못했을 가능성도 있지?

시노는 무방비에 무경계니까. 이렇게나 걱정할 요소가 잔뜩이다.

"……그렇게 생각하는 건, 시노만일지도 몰라."

불안에 휩싸인 내 목소리는 어찌해도 가시가 돋아있다.

"렌……?"

내 탓에, 시노의 목소리엔 당황이 있었다.

모처럼 오랜만에 만나 같이 식사를 하고 있다. 처음부터 마지막까지, 즐거운 시간을 보내고 싶은데.

"렌은 어째서 화내는 거야……?"

"딱히 화 안 났어."

"저, 정말로? ……그, 그치만……."

"……시노를 잘 알고 있는 건 나만으로 충분하잖아."

왜 이렇게 짜증이 나는 걸까.

아니, 이유는 명백하다. ……어린애 같고, 촌스럽고, 한심한 질투 이외엔 없다.

"쿠마 선생님은 직장 선배야. 그것뿐인데?"

"알고 있어…… 미안해. 잊어줘. ……다음 요리는 뭐였더라? 저번에 왔을 때는 메인의 고기 요리가……."

무리하게 만든 미소로 일방적으로 위세 좋게 이야기를 꺼내며, 평소의 우리의 데이트를 되찾으려고 안간힘을 썼다.

시노도 내가 이 이야기를 계속하기 싫어한다는 걸 알아채

준 건지, 그 사람에 대해선 더 이상 화제를 꺼내지 않았다.

식사를 마치고, 다음엔 돌아가는 것만이 남아 있었다.

역까지 걷는 내 발걸음은 무겁다. ……돌아가고 싶지 않다. 돌려보내고 싶지 않다는 기분에 지배되어, 전신이 납처럼 무거워졌다.

"맛있었지. 렌, 내일 촬영은 멀리 출장이었지?"

"맞아."

다음에 만날 수 있는 날이 언제가 될지는, 아직 정해지지 않았다.

이 웅어리진 마음을 품은 채 해산해버리면, 수습할 수 없어질 것 같았다.

"감기 걸리지 않게 잠은 제대로 자는 거다? 얇게 입는 건 어쩔 수 없을지 몰라도, 따뜻한 음료 같은 거 마시든가 해서 체온이 떨어지지 않게 해야 해?"

"알겠어, 알겠어. 엄마냐고."

시노와 대화를 하고 있어도, 안정되지 않는다.

뭐가 사회인이야. 뭐가 인기 모델이야.

내 머릿속엔 이제, 연인과의 밤밖에 생각할 수 없었다.

"……저기, 시노."

나는 내일 이른 아침부터 일이 있다.

그러니까 오늘도 저녁을 같이 먹으면 해산할 예정이었다.

절대 지각할 수 없고, 촬영에 지장이 생기는 건 프로 실격이다.

그런데. 돌아갈 수 밖에 없는 이유는 얼마든지 나열할 수 있는데.

"……렌? 왜 그래?"

나는 시노의 손을 붙잡았다.

마치 과자를 얻지 못해서 판매대를 떠나기 싫어하는 떼쟁이 아이처럼, 발을 멈추고.

"……오늘, 시노 집에서 자고 가도 돼?"

"응?"

시노의 눈동자에, 당혹의 빛이 스민다.

"그, 그치만…… 렌, 내일 아침 엄청 빨리 나가야 하잖아?"

"6시 전엔 집 나갈 테니까, 시노한테 민폐를 끼치게 될지도 모르지만…… 좀 더 같이 있고 싶어. ……민폐일까……?"

"미, 민폐 같은 거 아냐! 레, 렌이 괜찮다면, 난 기쁜걸!"

그렇게 말하고 시노는, 내 손을 양손으로 감쌌다.

손의 따뜻함이나 부드러움, 시노의 상냥함에 두근거린다기보다, 날 받아들여줬다는 안도와 자신의 욕망이 앞서버렸다는 죄책감이 더욱 강하게 느껴진다.

하지만, 오늘은 이제 무리야.

얼른, 얼른 시노가 깊이 나에게 닿았으면 좋겠다.

부서질 정도로 안아줬으면 한다.

시노의 집까지의 길은 영원으로 느껴질 정도로 길었고,

나는 더 이상 아무것도 생각할 수 없게 되어 있었다.

◆

시노의 집에 도착했다.

"시노……."

현관 열쇠를 잠그자마자, 나는 시노에게 안겨 키스를 했다. 엘리베이터에서도 키스할 기회는 있었지만, 멈추지 못할 걸 걱정해서 꾹 참은 걸 칭찬받고 싶을 정도다.

"레, 렌, 기다려……."

"안 기다려."

현관문에 시노를 밀어붙여, 큰 가슴을 만지면서 허벅지 사이로 다리를 끼워 넣는다.

"기, 다……."

나를 저지하려고 하는 게 싫어서, 시노의 입술을 열심히 틀어 막는다.

얼른 그 기분이 되도록 해. 날 안고 싶어지도록 해.

욕망과 소망을 담아 사랑을 전하기를 계속하자.

"……렌."

시노의 손이 내 허리를 휘감았다. 그리고 숨도 못 쉴 정도로, 입을 유린당했다.

그토록 원하던 시노의 반응에, 내 몸의 모든 세포가 희열을 느낀다.

"······침대, 가자."

신발조차 벗지 않은 우리는 말도 없이 신발을 벗고, 말없이 침실로 향한다.

시노의 향기로 가득한 침실은, 지금 나에게 있어 미약을 뿌리는 듯한 환경이었다.

코트를 벗어 던지고, 시노의 손을 잡아 끌고 침대 위에 쓰러진다. 천장을 보고 누운 나를 시노가 엎드린 채 올라탄 모양새가 되었다.

올려다보자 시노의 얼굴이 나와 마찬가지로 욕정하고 있어서, 입꼬리가 올라간다.

"······있지, 렌······."

그 목소리로 이름을 불리며, 응시당한다.

그것만으로 배 안쪽에 열이 올라 애달파진다.

"오늘은····· 왜 그런 거야?"

한순간, 사고가 현실로 돌아와 정색한다.

—이유라면 확실하다. 하지만 그걸 전한다 한들, 시노는 이해해주지 못할 거란 걸 알고 있다.

시노가 어떻게 해줄 수 없는 일이라는 것도 알고 있다.

그렇다면····· 이야기하는 시간은 성과도 쓸모도 없다.

이야기할 시간이 있다면, 나는 1초라도 더 길게 시노와 안고 있고 싶다.

우리의 시간은 한정되어 있으니까.

"나, 뭔가 렌이 기분 상할 일을⋯⋯."

아직 이야기를 계속하려는 시노의 입술을 틀어막는다.

지금은 그런 말은 필요 없어. 원하는 건, 전부 잊고 나에게 욕정하는 시노뿐이다.

"딱히. 시노에게 안기고 싶다고 생각하는 것뿐이야."

"⋯⋯그렇게 말하면⋯⋯ 엉망진창으로 해버릴 건데?"

"그래. 원하는 대로 해."

시노의 얇은 손가락을 가볍게 물고, 핥는다. 네일도 하지 않은, 날 안기 위한 손가락을. 손가락 끝에서 손가락 사이까지, 일부러 소리를 내면서, 유혹하듯이.

"렌."

아무래도 나는, 드디어 시노의 이성의 끈을 놓게 하는 데 성공한 것 같다.

날 몰아붙이는 눈동자를 보고, 소름이 돋았다.

"⋯⋯내일 못 일어나게 되어도 상관없어?"

"바라던 바야."

몇 초간, 응시했다.

그건 서로의 말에 거짓은 없는지, 무리를 하고 있지는 않는지 묻는 시간이었다.

"⋯⋯충고는, 분명히 했어."

갸날픈 목소리와는 대조적으로, 내 타액이 묻은 손가락

을 핥은 시노는, 그 손가락을 내 입 안에 넣었다.

난폭하게 봉인된 입으로는, 설령 내가 항의의 목소리를 내더라도 정확한 말로는 시노의 귀에 닿지 않겠지.

하지만 분명, 시노는 내가 울어도 그만둬 주지 않을 것이다. 날 끌어안아 부술 것이다.

하지만, 그것이야말로 지금의 내가 원하는 것이다.

침대 위에서 꽤나 강제적인 행위가 시작된다.

옷은 벗겨졌지만, 전부는 아니었다. 난방을 켜는 것도 잊은 탓에, 내가 감기에 걸리는 걸 걱정해 주는 건가? 아니면— 전부 벗길 틈조차 아깝다고 생각한 건가.

오늘의 나는, 후자라면 좋겠다고 생각한다.

시노와 같은 마음이라고 생각할 수 있으니까.

스웨터가 말아 올려져, 속옷과 배가 드러난다.

내 허락을 구하는 일도 없이 후크가 풀어지고, 벗겨진다. 시노의 숨결이 끝부분에 닿아, 그것만으로 딱딱해진다.

그대로 만져지거나 입으로 빨리면, 어떻게 해도 소리가 새어 나온다.

"렌…… 기분 좋아?"

일부러 묻지 않아도…… 내 반응을 보면 일목요연할텐데.

시노는 언제나, 격렬한 관계 중에도 날 배려해준다.

하지만, 상냥함보다도, 기분좋음 보다도, 지금은—.

"……더, 아프게 해줘."

"에? 어, 어째서……?"

오늘은 시노의 의문에, 무엇 하나 대답할 수 없다.

나이가 들어도, 사회인이 되어도, 할 수 없는 건 많이 있다는 걸 실감한다.

"……그런 기분이니까."

"그, 그치만…… 나, 렌이 아파하는 건 싫어……."

"괜찮아, 내가 하라고 말하는 거니까. ……키스 마크 대신의 흔적이라고 생각하고, 응?"

몸을 일으켜, 시노의 귓가에 속삭이며 귓불을 핥고…… 그리고, 가볍게 물었다.

일에 지장이 생길만한 흔적은 남기지 않는다.

그건 사회인이 되고 나서 우리 사이에 맺어진, 지켜야 할 룰이다.

하지만 그 룰에, 이렇게나 묶여있는 내가 있다.

키스 마크라는 알기 쉬운 형태로도, 혹은 결혼이라는 법적인 형태로도, 나는 시노의 것이며 시노는 나의 것이라는 증명할 수 없다.

그러니까 시노가 내게 닿은 증거를, 내 안에 들어왔다는 증거를, 아픔이라는 감각으로 내 기억에 새기고 싶다고 바란다.

문득 떠올린 순간 몸이 쑤실 정도로, 내 가장 깊은 곳까지 부서질 정도로 사랑해줬으면 한다.

"……적당히 할 필요는?"

시노가 손을 내 볼에 갖다 대었다.

"그럴 필요는, 없잖아……!"

"……알겠어. ……렌, 좋아해."

다시 움직임을 시작한 시노에 의해, 난 의식이 날아갈 것 같다가도 아픔으로 다시 정신을 차리는 것을 처음 경험하게 되었다.

—**좋아해**라는 말만 하면, 뭐든 해도 좋다고 생각하는 거 아냐?

평소 나라면 분명히 그렇게 말했겠지만, **이런** 걸 하고 싶다고 바란 건 나니까, 아무것도 말하지 않는다.

게다가…… 기분 좋지 않았던 게 아니다.

내 몸에, 새로운 자극이 인풋되어 간다.

시노 없이는 살아갈 수 없도록…… 내 몸이 다시 태어난다.

숨이 중간 중간 끊길 때, 내 피부에 혀를 놀리는 시노를 보았다.

그 순간…… 엄청난 쾌감이 몸 전체를 통과했다.

—이봐, 오오쿠마인지 코마인지 이름은 까먹었지만…… 당신은 모르지?

아니, 일하는 중의 시노에 대해선 잘 알겠지만. 내가 모르는, 시노의 얼굴도 잔뜩 보고 있잖아.

하지만, 당신은 관계할 때의 시노의 얼굴은 모르잖아?

이 녀석, 이렇게 야한 얼굴을 한다고?

나라는 여자와 욕망에 삼켜진 얼굴. 못 참겠지?

당신한텐 절대, 보여주지 않을 거지만 말이야.

난 다시 눈을 감고, 시노와의 행위에 잠겼다.

평소의 시노라면 절대로 보여주지 않을 표정을 끌어내고, 절대로 말하지 않을 말을 뱉게 했다.

그리고, 끝난 뒤 내 안에 남겨진 건— 확실한 온몸의 통증과, 비뚤어진 우월감과…… 약간의 외로움이었다.

◆

시노의 잠자는 숨소리가 들려온다.

방금까지 날 엉망진창으로 안고 있던 그녀는, 아까와는 딴판으로 온화한 천사 같은 얼굴로 잠들었다.

불평 하나 없이 귀엽다. 하지만…… 이게 엄청난 갭이지.

난 그렇게나 격렬하게 한 후인데도, 틀림없이 몸은 지쳐 있을 게 분명한데, 뭔가 잠이 오지 않았다.

시계를 본다. 당연하게도 날짜가 바뀌었다.

……수면 시간적으로도, 몸의 컨디션적으로도, 절대로 내일 영향이 갈 것이다.

한숨을 쉬었다. 사회인이 되고 조금씩 배우며 익혀온 **매너**라든가 **당연함**을, 전부 말소시켜 버리는 듯한 짓을 해버렸다.

후회는 없지만, 죄악감은 있다.

내일 마지마 씨한테 혼나겠지라든가, 프로로서의 입장보다 자신의 고집을 우선한 미숙함이라든가, 뭐어, 이유는 여러 가지 있다.

하지만, 무엇보다— 난 몸의 방향을 바꿔, 시노의 얼굴을 봤다.

시노의 사랑을, 전신으로 받아냈다.

한참 몰두할 때, 시노의 시선도, 입술 사이로 나오는 말도, 섬세하게 움직이는 손가락도, 그 모든 게 나를 위한 것이었다.

그게 얼마나 나를 행복하게 해주었는지.

문제는…… 그 행복감이 지속되지 않는다는 점이다.

평소의 나였다면, 행복함에 감싸진 채 잠들 수 있었겠지.

그런데 오늘…… 어째서 내 마음은, 채워지지 않는 거지?

평소와는 취향이 다른 걸 했다고는 하지만, 시노의 사랑이 부족했다고는 생각하지 않는다. 분명, 내 마음 어딘가에 작은 구멍이 뚫려있는 탓에, 아무리 시노가 사랑을 채워줘도 가득 차지 않는 거다.

정말 좋아하는 여자친구의, 귀여운 자는 얼굴.

이 자는 얼굴을 보는 게 가능한 것도, 나의 특권이다.

누구에게도 보여주고 싶지 않고, 이 권리를 누구에게도 양보할 마음은 없다.

꼭 껴안자, 시노는 내 품 속에서 잠결에도 꼼질꼼질 움직여 안겨왔다.

그저 상냥하게, 껴안는 것만으로 지금은 사랑을 증명할 수 없다.

내일, 엄청 일찍 나가야 하는데.

난 전혀 잠에 들지 못한 채, 울 것같은 밤을 견디는 것만을 생각한다.

제5화 "오늘은 계속, 보고 싶으니까"

그 날, 렌은 뭔가 이상했다.

렌이 원한다면, 렌이 조금이라도 편해진다면 좋겠다고 생각해서, 부탁받은 대로 격하게 안았지만…… 그 선택은 정말 옳았던 걸까.

설마 하면 그날 밤…… 나와 렌이 해야했던 건 그런 관계가 아니라, 앞으로의 우리에 대한 대화가 아니었을까.

시간이 지나면 지날수록, 렌에게 뭔가 있었던 건 아닐까, 내가 이상한 말을 한 건 아닐까, 과거를 거슬러 올라가듯 기억을 더듬으며 불안에 휩싸인다.

렌이 뭘 생각하는 건지, 묻고 싶었다.

지금이라도 이야기를 해서 해결할 수 있는 문제라면, 조금이라도 빨리 렌과 만나서 마주 보고 제대로 대화하고 싶다고 생각했다.

하지만, 그건 좀처럼 이루어지지 않았다.

패션 모델로서의 렌의 인기는 더더욱 불이 붙어, 지금까지와는 비교도 안 될 정도로 바빠졌다.

렌은 멋지고 귀엽다.

사람의 이목을 끄는 매력이 있으니까, 언제나 인기인이

었다. 고등학생 시절부터 쭉, 모두에게 둘러싸여 있었다.

그러니까 렌이 모델로서 활동을 시작하고, 렌도 진심이 되어서, 잡지나 SNS에서 렌을 아는 사람이 폭발적으로 늘었고, 렌을 좋아하게 된 사람도 늘었다.

—그런 것쯤, 처음부터 알고 있었는데.

'새해 복 많이 받아. 올해도 잘 부탁해.'

1월 1일. 새해가 밝은 순간, 나는 렌에게 메시지를 전송했다.

지금, 내 옆에 렌은 없다. 텔레비전에서 들려오는 신년 축하의 목소리가, 뭔가 다른 세상의 일처럼 느껴진다.

스마트폰을 꼭 쥔 채, 외로움에 무너질 듯한 밤을 혼자 견딘다.

크리스마스도 한 해의 마지막 날도 렌과 같이 보낼 수 없었다는 현실이, 새해 첫날부터 나에게 큰 타격을 주었다.

딱히, 렌과 싸운 건 아니다.

매일 메시지도 나누고 있고, 짧은 시간이지만, 가끔은 영상통화도 하고 있다. 그 속에서 우리는 평화로운 대화만 나누고 있고, 렌도 잘 웃어준다.

그런데…… 왜 이리도 불안한 걸까.

만날 수 없는 시간이, 말하고 싶은 걸 제대로 전할 수 없는 채로 삼키고 있는 기간이, 나와 렌의 사이에 큰 웅덩이를 만들고 있는 것 같았다.

렌으로부터의 답변은 좀처럼 오지 않았다.

말일도 일이 있었던 렌은 그대로 일 동료들과 함께 새해를 맞이할 예정이라고 말했으니, 스마트폰을 신경쓸 수는 없는 거겠지.

조용한 스마트폰을 바라보며, 한숨을 흘린다.

처음으로 렌이 집에 자러왔을 때는, 고등학교 1학년의 연말이었다.

그때는 날짜가 바뀌기 직전까지 애정을 나누며, 새해가 찾아오자마자 제일 처음으로 서로의 얼굴을 보고 「새해 복 많이 받아」라고 말할 수 있었는데…….

학생 시절과 비교하면, 자유는 늘었을 터인데.

사회인이 되고 나니…… 여러 가지로 속박되고 있는 느낌이 든다.

울리지 않는 스마트폰을 가지고, 침실로 향한다.

적어도 오늘은 렌이 꿈에 나오면 좋겠다.

설날이 끝나고, 3학기가 찾아왔다.

렌에게 지지 않을 정도로 나 또한 눈이 핑 돌아버릴 정도로 바빴다.

"쿠마 선생님, 커피 사왔어요. 괜찮으시면 드세요."
"우와, 덕분에 살았어~ 고마워~!"
나보다 3배 정도 일이 빠른 쿠마 선생님도, 매일 늦게까지 야근을 하고 있었다.
다음 주, 수험생은 공통 테스트가 있다.
시험 대책이나 학생들의 멘탈 케어에 교사진도 쫓기고 있어서, 특히 3학년 담당 선생님들의 얼굴은 흙빛이 되어 있었다.
하지만 난 얼마나 바빠도, 1월 12일— 내게 있어 세상에서 가장 중요한 날만큼은 정시에 퇴근해서 렌과 만날 생각으로 일하고 있었다.
그 날을 위해 앞당겨 일을 진행하고 있었고, 남들보다 뒤처지지 않도록 다른 선생님들의 업무도 도울 수 있는 한 나누어 받았다.
……하지만.

'생일 축하해.'

'땡큐. 드디어 시노를 따라잡았네.'

'직접 얼굴 보고 축하하고 싶었어.'

'나도 시노와 만나고 싶어. 미안해.'

렌이 보낸 답변에 정신이 들어 「나야말로, 미안해」라고
보낸다.
열심히 하고 있는 렌을 곤란하게 하고 싶었던 게 아닌데.
렌이 모델로서 인기를 얻는 건, 기쁜 일인데.
생일에도 만날 수 없다니…… 조금 울어버린 건, 물론 렌
에겐 말할 수 없었다.

다음 주, 렌은 잡지와 모델 사무소의 영상 촬영을 위해
대만으로 떠났다.

'엄청 맛있는 게 잔뜩 있는데, 다들 전혀 먹질 않아.'

'모델은 역시 관리 정신이 확실하네.'

'나도 마지마 씨가 보고 있으니까 그다지 먹지 못했어.'

'그렇구나. 그럼 그만큼, 나랑 여행 갈 때는 많이 먹자.'

'응. 시노랑도 꼭 올래. 기대된다.'

무척 평범한 연인 사이의 메시지 대화를 하면서도, 내 외로움은 더해질 뿐이었다.

주변에서 보면, 서로의 일이 순조롭게 진행되는 사회인 커플로, 바람을 피우는 것도 아니고 그런 불안이 될 요소도 없는 것처럼 보일 수도 있다.

그런데도, 어째서 난 이렇게 우울한 걸까.

단순히 일의 양이 늘고 있긴 하지만, 이 피로는…… 몸도 마음도 깎여나가는 듯한 괴로움은 분명, 바쁨만이 원인은 아니다.

……렌을 보고 싶어.

역시 난 렌을 만지지 못하면, 기운이 나지 않는다.

렌은 내 소중한 사람이고, 내 생활의 일부이고, 나라는 인격을 구성하는 한 사람이니까.

어떻게 해도 몸이 그녀를 원하지만, 지금의 바쁜 생활 속에서…… 어떻게 하면 난 렌과 함께 있는 시간을 늘릴 수 있을까?

……아니. 생각하는 척할 뿐이지, 내 안에서 답은 이미 나와 있었다.

아침에 눈을 떴을 때, 추위 탓에 렌을 원하는 마음이 더욱 강해져 있다고 믿어 넘기려 했지만, 그건 이유 중 하나에 불과했다.

렌을 갈망하는 내 머릿속엔 계속, **동거**라는 수단이 떠돌고 있었다.

하지만, 렌에게 말을 꺼내는 건 아무래도 긴장된다. 용기가 필요하니까.

일이 순풍을 달리고 있는 렌은, 지금 생활의 기반을 바꾸고 싶지 않다고 생각하고 있을지도 모른다.

같이 살고 싶다라고 제안하는 내 존재를, 부담스럽다고 느낄지도 모른다.

그러니까…… 렌에게 거절당할지도 모른다.

거절당한다면 나는 분명…… 상당히 강한 충격을 받아서, 당분간은 다시 일어설 수 없을 것이다.

실생활에 지장이 생길 정도의 레벨로 좌절할 거라 생각한다.

그런 불안도 있었지만, 한 번 생각하기 시작했더니 멈출 수 없었다.

렌과 함께 있고 싶다는 마음 쪽이 훨씬, 훨씬 강했으니까.

다음에 렌과 만나면, 이야기를 꺼내보자. 메시지를 보낼 때, 지금까지 중 가장 긴장했다.

'렌, 다음엔 언제 만날 수 있어? 중요한 이야기가 있어.'

◇

　서로의 스케줄을 어떻게든 맞춰서, 다음에 만날 수 있는 건 우연히도 발렌타인 데이였다.

　나는 지금, 너무 달지 않은, 렌 취향의 초콜릿을 만들기 위해 준비하고 있다.

　초콜릿을 녹이고 있자, 방 안이 달콤한 냄새로 가득 찬다.

　냄새는 기억과 직결된다. 고등학생 때 사귀기 시작해 매년 계속, 난 렌에게 수제 초콜릿을 건네왔다.

　렌이 받아줬을 때의 얼굴도, 같이 먹을 때의 얼굴도, 맛있다고 말해줄 때의 얼굴도, 전부, 전부 기억하고 있다.

　처음 도전한 이 초콜릿 까눌레도, 좋은 추억으로서 기억에 겹쳐두고 싶다.

　……동거 제안을 거절당해서, 싫은 기억으로 만들고 싶지는 않다.

　침울해질 뻔한 자신에게 놀라, 머리를 흔들었다.

　기분을 전환하자. 내일은 정말 오랜만에 렌과 만날 수 있으니까.

　달콤한 냄새로 떠오르는 렌과의 추억을 되돌아보며 만든 까눌레는, 분명 맛있게 완성되었다고 생각한다.

　……렌, 기뻐해주면 좋겠다.

2월 14일, 나는 렌의 집 앞에서 심호흡을 했다.

몇 년이고, 몇 번이고 방문해 온 렌의 본가. 오랜만에 렌을 만날 수 있다는 환희와 동거 이야기를 꺼낼 긴장감으로, 인터폰을 누르는 데 조금 마음의 준비가 필요했다.

"······좋아."

딸깍하고 버튼을 누르는 무기질한 소리가 났다. 그리고······.

"여, 오랜만이야."

문이 열리고, 사랑스러운 연인이 나와 주었다.

"······레, 렌······. 오, 오랜만이야······!"

"그래. 밖 춥지? 얼른 들어와."

그렇게 말하고 미소짓는 렌을 보고, 가슴이 꾸욱 눌린다. 잠깐. 렌이 이렇게나 멋있었나? 아니, 멋있다고는 알고 있었지만······ 에? 이렇게나?!

내 긴장이나 불안을 날려버릴 정도의 눈부심에, 두근거린다. 뭔가 렌의 얼굴을 제대로 볼 수 없어!

"왜 그래? 괜찮아?"

"괘, 괜찮아! 미, 미안."

"그래? 아, 오늘은 아무도 없으니까 편하게 있어도 돼."

"으, 응······."

일요일이니까 가족이 있을 거라 생각했는데, 없구나······ 그렇구나······.

"설마, 기대하고 있어?"

"흐에?!"

얼굴을 들여다보는 듯한 장난스러운 말에, 순식간에 얼굴이 달아올랐다.

"하하, 들어와—."

날 들여보내 준 뒤, 현관문이 닫힌다.

—렌이 날 빤히 바라본다.

……오늘은 진지한 이야기를 하려고 왔다. 그게 끝날 때까진 아무것도 하지 않을 거야…… 라고, 생각했지만.

얼굴을 가까이 들이대자, 렌이 웃는다.

가볍게, 존재를 확인하는 듯한 키스만 하고, 갸냘픈 몸을 끌어안았다.

"……렌, 조금 살 빠졌어?"

"조금. 그보다, 최근 생활로는 살찌는 쪽이 무리야."

렌의 손이 내 등을 휘감았다.

"시노도 그렇지? 바빠 보이던데."

"응…… 하지만 난…… 렌 부족이었을 뿐이야."

영양을 섭취하는 것처럼 렌을 끌어안고, 렌의 냄새를 맡는다.

내 체세포가 기뻐하며 활기를 되찾는다.

"그럼, 오늘은 날 잔뜩 섭취해서 살찌는 거 아니야?"

"……살찔 때까지 섭취해도 괜찮아?"

"시노가 좋으면 괜찮아."

빙긋 웃는 렌의, 이 얼굴에 난 너무 약하다.

"지, 지금은 괜찮아. 먼저, 이야기를 하고 싶으니까."

"⋯⋯뭐어, 괜찮지만. 얼굴, 새빨개."

무리하게 참고 있는 걸 들켜, 또 볼이 붉어지는 감각을 느끼면서도, 필사적으로 얼버무렸다.

그대로, 렌의 방으로 안내받았다. 내 방과 비교하면 물건이 많고, 세련된 인테리어가 설치되어 있는데 어질러져 있는 인상은 없다.

"전에 왔을 때랑, 그다지 안 바뀌었네."

"뭐 그렇지. 올해 들어서는 집에 자러만 오는 느낌이니까."

"그렇구나⋯⋯."

분명 내가 생각하는 것 이상으로, 렌의 일은 힘들 것이다.

그렇게 생각하니, 지금부터 내가 말하려고 하는 게 무척 내 멋대로인 것 같아서 주눅이 든다.

"그러니까 오늘, 시노를 만나는 게 엄청 기대됐어."

⋯⋯렌은 언제나 내가 불안으로 위축되어 있을 때, 등에 손을 얹어준다.

상냥한 미소를 보고, 각오가 선다.

나를 행복하게 해주는 이 사람과, 계속 함께 있고 싶다.

―렌과 함께, 살아가고 싶다.

설령 받아들여 주지 않는다 해도, 내 멋대로인 고집이라

해도, 이 마음만은 전하고 싶다.

"응…… 나도. 저기, 나 말이야……!"

렌을 똑바로 마주 봤다. 허리를 곧게 펴고, 숨을 들이쉰다.

"레, 렌한테 말하고 싶은 게 있어서."

"나도, 시노한테 중요한 이야기가 있어."

예상 외의 말에, 난 고개를 기울인다.

"앗…… 렌도?"

"응. 전부터 쭉 생각했던 게 있어서."

뭐일까. 자신에 대해서만 생각하고 있었으니까, 전혀 머리가 돌아가지 않는다.

"그럼, 그러엄…… 누구부터 말할래?"

"음— 시노부터."

렌의 아름다운 두 눈동자가 날 바라본다.

렌의 이야기가 신경 쓰이지만, 원래는 내가 중요한 이야기가 있다고 먼저 말했었고, 일단 나부터 제대로 전하자.

"아, 알았어. 그러니까…… 나, 나 말이야, 사회인으로서 일하기 시작하고 슬슬 1년이 지나잖아? 일은 생각보다 훨씬 힘들지만, 정말 충실해서…… 앞으로도 열심히 하려고 생각해."

"시노가 열심히 하고 있는 건, 나도 알고 있어."

"고, 고마워. 하지만…… 예상은 하고 있었지만 역시, 학생 시절과 비교하면…… 렌이랑 만날 수 있는 시간이, 줄어

들어서."

"……그렇지."

사실을 이야기하고 있는 것뿐인데, 돌이켜보는 것만으로도 눈이 뜨거워진다.

"이, 이게 어른의 세상에선 당연한 거라 생각하고 열심히 해보자 싶어서. 메시지로 대화는 하고 있고, 가끔 영상통화도 하고, 외롭다고 생각하면 안 된다고, 생각, 했는데……."

말문이 막히는 내 손을, 렌이 꼭 잡아준다.

그 따뜻함에, 내 마음은 이렇게나 구원받는다.

"내 생활 속에 렌이 없는 게, 싫어. 렌을 느낄 수 없는 게, 괴로워. 나한텐, 렌이……. 필요해."

언제나 내 곁에 렌이 있어준다면.

그렇게 바라지 않고는 못 견딜 정도로— 나는, 렌을 좋아한다.

"그러니까……."

"기다려. 나도 말하고 싶은 게 있어."

이야기가 끊긴 난 눈을 깜빡였다.

"뭔데……?"

"최근에 정말, 엄청 바빠서. 일이 있다는 건 감사하게도 나에게 수요가 있다는 거니까, 지쳤다는 말은 해서는 안 된다고, 마지마 씨라든가 자주 말해주지만……."

렌은 한 번, 작게 숨을 뱉었다.

"나, 스스로가 체력은 꽤 있는 편이라고 생각하는데, 요즘엔 어떻게 해도 지쳐버린다고 해야 하나, 힘이 나질 않아서. 역시 너무 바쁜 건가 생각했지만, 그게 아니란 말이지. 몸의 휴식을 취해도, 마음의 구멍이 메워지지 않는다 해야 하나……."

심장이 튀어올라, 가슴의 고동이 빨라진다.

……이건, 너무나도 내 멋대로인 망상일지 모르지만…… 설마……?

"……그, 그건……."

"난 지친 날도, 기쁜 일이 있는 날도, 싫은 일이 있는 날도, 시노에게 말하고 싶어. 전화가 아니라, 직접…… 이렇게 눈을 보고, 이야기하고 싶어."

렌의 눈동자 속에 비치는 나는, 어딘가 기대하고 있는 얼굴을 하고 있었다.

—그야, 렌이 하고 싶은 말이 뭔지 알아버리고 말았으니까.

어떡해. 눈물이 흐를 것 같아.

정말로? 이렇게 행복한 일이, 있어도 되는 거야?

손을 맞붙잡은 채, 우리의 시선은 뒤얽혀 있었다.

마음은 분명 통하고 있다.

"렌, 들어줘."

"시노, 있잖아."

우리는 거의 동시에 입을 열었다.

"아침에 일어났을 때, 렌의 얼굴을 볼 수 있다면 엄청 기쁠 거야."

"밤에 자기 전에, 시노의 얼굴을 볼 수 있다면 엄청 기쁠 거야."

우리는 서로의 얼굴을 마주 보고, 잠시 응시했다.

그리고…… 또 같은 타이밍에 웃었다.

"진짜야? 우리, 같은 걸 생각하고 있었지."

"그러니까. 깜짝 놀랐지만…… 뭔가 이런 거, 좋다."

"응. ……안 돼, 계속 웃음이 나올 것 같아."

그렇게 말하고 웃고 있는 렌은, 잡지에서 보는 쿨한 「REN」과는 전혀 다른 사람 같아서, 나만이 알고 있는 얼굴에 가슴 깊은 곳이 두근거렸다.

"……시노."

조금 얼굴을 붉힌 렌이, 그 말을 입에 담았다.

"같이 살자."

"응!"

불안도 긴장도 전부 녹아, 내 몸에서 떨어져 나간다.

걸음이 향하는 방향이 같다면, 앞으로의 미래도 같은 길을 걸어갈 수 있다.

둘이서 고민하거나 선택하거나 하는 기회도 늘어나겠지만, 그것 또한 우리 생활의 하나가 되어 간다.

증명에 집착해온 우리가 남길 수 있는, 눈에는 보이지 않지만 둘도 없이 소중한 궤적이 된다.

발렌타인 데이라는 평소보다 조금 특별한 날에, 최고의
추억이 생겨서 다행이라 생각했다.

……응? 발렌타인……? ……아, 건네는 거 까먹었다!

"그럼, 일단은 집 찾기부터네. 시노의 직장이랑 우리 사무
소의 중간 정도가 좋으려나? 난 바이크가 있으니까 역에서
떨어져 있어도 괜찮지만, 시노는 가까운 편이 좋을 테
고……."

"기, 기다려! 달달한 거라도 먹으면서 이야기하지 않을래?"

랩핑한 초콜릿 까눌레가 든 종이 봉투를 건네자, 렌은 한
순간 멀뚱거렸지만, 곧바로 미소로 받아 주었다.

"앗싸. 올해는 못 받으려나 생각했는데, 직접 만들어준
거야?"

"으, 응. 렌이 먹어줬으면 해서……."

"땡큐. 바로 먹어볼래."

포장을 푸는 렌을 바라본다. 기뻐해줄까?

"오, 올해는 초콜릿 까눌레인가."

"응. 어, 어때?"

"까눌레까지 만들 수 있다니 대단하다. 그럼 바로, 잘 먹
겠습니다―."

렌이 까눌레를 입에 넣고 삼킬 때까지, 두근대며 봐 버린다.

"……완전, 맛있어!"

"다, 다행이다아······! 첫 도전이었으니까, 불안했어—."

"아— 해 봐."

안도에 가슴을 쓸어내리자, 렌이 그렇게 말해 입을 벌렸다.

입가에 다가오는 까눌레를 한 입 베어물자, 어제 맛을 봤을 때보다 신기하게도 더 맛있게 느껴졌다.

"아, 꽤 맛있을지도······."

"그치? 좋아, 최고의 당분을 섭취하면서라면 머리도 더 잘 돌아갈 것 같아. 어떤 집이 좋다 하는 희망은 있어? 나는······."

우리는 까눌레를 먹으며, 서로 양보할 수 없는 조건이라든가 타협할 수 있는 범위에 대해 이야기를 진행했다. 중요한 이야기라서 의견이 갈리는 부분도 있었지만, 그것조차 즐겁다고 생각할 수 있는 시간이었다.

"······뭐, 이 정도인가. 내일부터 서로 협력해서 찾아보자. 좋은 집을 발견하면, 바로 같이 살자."

"응! 빨리 찾을 수 있으면 좋겠다······ 못 참겠는걸."

두근거림이 멈추지 않는다. 지금 당장이라도 렌과 함께 살고 싶다.

"일에 대해 생각하면······ 현실적으로는 4월쯤이 되지 않을까? 이 시기는 새로운 생활을 시작하는 학생들이 집을 찾고 있을 테니, 업자도 바쁘잖아. 뭐, 학생이 찾는 집보단 넓은 물건으로 할 테니까 그렇게 초조해할 필요는 없겠지만."

몽글몽글한 꿈을 꾸는 나와는 대조적으로, 렌은 무척 현실적인 이야기를 하고 있었다.

……드, 들떠있는 건, 나뿐?

"……렌은, 바로 같이 살고 싶지 않아?"

"왜 그런 풀 죽은 얼굴이야. 당연히 당장 같이 살고 싶지. ……내가 참는 걸 잘 못하는 거, 시노도 잘 알고 있으면서."

그렇게 말하고는 렌이, 침대 위에 누웠다.

선정적인 표정에, 나도 모르게 눈을 뗄 수가 없다.

"새로운 침대도 사자. 나, 동거한다면 침실은 무조건 같이 쓰는 게 좋아."

"……응. 좀 더 큰 거, 같이 고르자."

빨려 들어가듯이, 나도 렌의 옆에 누웠다.

렌이 몸을 틀어, 우리는 서로 마주 보는 꼴이 된다.

"좁은 침대도 싫지 않지만. 매일이 되면 말이지."

"우리, 쭉 같이 있는 거지?"

"그래. 나이가 들면, 싸고 좁은 침대는 몸이 불편할 테니까."

"후훗…… 그렇네. 이곳 저곳 아파지는 건 싫으니까."

렌이 그리는 미래에, 당연하다는 듯이 내가 있는 게 기쁘다.

같이 생활하는 모습을 상상하면서 웃고 있는 나를 보고, 렌은 입꼬리를 씰룩 올렸다.

"그치만 말이야, 매일 같이 있으면, 하는 것도 특별한 일이 아니게 될지도 모르네. 리스가 되는 거 아냐?"

그건, 그냥 듣고 넘길 수 없는 말이었다.

"그, 그럴 리 없어! 렌이 좋다면, 매일 할 거거든!"

바로 강하게 부정하는 나를 보고, 렌은 놀랐다. ……어라? 너무 필사적이라 좀 그랬나……?

"아니, 매일은 무리지……."

"……아. 엣, 아니, 지금 건 말이 그렇다는 건데……."

이 나이에 사춘기 같은 왕성한 성욕을 책망당하는 것 같아서, 조금 부끄러워하자, 렌은 킥킥 웃어댔다.

"알고 있어. 놀린 것뿐이야."

"저, 정말! 놀리지 말라구!"

즐거운 듯한 렌의 가슴팍을 때리는 내 손을, 렌이 손가락으로 깍지를 껴 잡았다.

"하지만, 지금이라면."

렌의 얼굴이 가까이 다가와, 엉겁결에 숨을 멈췄다.

"……지금이라면?"

예쁘게 정논된 얼굴에서 눈을 피하려 하자.

"……눈, 감아."

숨이 닿는 거리에서, 렌이 속삭였다.

"안 감을 거야. ……오늘은 계속, 렌을 보고 싶으니까."

기념일이 된 지금의 렌의 모습을, 목소리를, 피부의 감촉을, 평생 잊지 않기 위해, 이 눈에, 귀에, 손가락에, 새겨두고 싶다.

그런 고집을 부리는 내게, 렌은— 천천히, 상냥한 키스를 했다.

그 몸짓도 얼굴의 아름다움도, 영원히 기억해두고 싶다고 생각하게 되는 키스였다.

"……어땠어?"

렌의 손이 내 머리카락을 쓸어내린다.

"왕자님 같았어."

"……맹세의 키스니까."

"그리고…… 달콤했어."

"……방금 까눌레를 먹었으니까."

상냥하게, 달콤하게, 녹아내릴 듯이 입술을 맞추며, 우리는 서로에게 몰두한다.

나는 렌을 원하고, 렌은 나를 원하고 있다. 렌의 옷을 벗기려 하자, 렌도 마음이 급한 건지, 스스로 벗는 걸 도와준다.

그 모습이 무척 야하다고, 복숭아색으로 물들어가는 머릿속으로 생각하면서,

"기, 기다려! 양말은, 버……. 벗지 마!"

내 머리에 신의 계시가 떨어졌다. 전부터 해보고 싶었던 게 이 타이밍에 떠오른 것이다.

흥분하는 나와는 반대로, 렌은 의아하다는 표정을 지었다.

"……왜?"

"저, 저기…… 전에 렌이 보내줬던 사진, 무척, 두근거렸어. ……엄청, 흥분했단 말이야……."

우리 사이에, 나만이 부끄러운 침묵이 흐른다.

렌은 지금, 뭘 생각하고 있을까……?

"……아무래도 난, 시노 선생님의 성벽을 하나 개발해버린 것 같네."

"우…… 우으…….."

스스로 말한 것이라고는 하나, 상대방이 다시금 말해주니 얼굴에 무지막지한 열이 오른다.

볼을 만져보자, 상상 이상으로 뜨거웠다.

"그렇지, 시노가 점점 변태가 되어가는 건, 내 탓이지? 그러니까……."

렌은 스스로 양말을 제외한 옷을 벗었다.

매끄럽고 새하얗게 예쁜 몸에 시선을 빼앗겨 있자, 렌은 약간 얼굴을 붉히고는, 시트를 몸에 감고는 말했다.

"……책임, 져줄게."

─뭔가 정말, 치솟는 감정은 말로 절대 표현할 수 없다.

그러니까 모든 브레이크를 부수고, 나는 렌을 만지는 것만을 생각한다.

관계 한 번에도─ 한 번의 전희에, 한 번의 키스에, 우리가 지금까지 함께 지내온 역사의 축적이 있다.

……라고, 깔끔하게 정리하는 건 무리가 있지.

내가, 내가 보고 싶은 렌과, 하고 싶은 걸 하고 있는 것뿐인걸.

"레, 렌……."

내가 하는 키스는, 렌이 해준 것처럼 고상한 키스는 되지 못했다.

렌의 지금까지도, 앞으로도 전부 내 것이었으면 좋겠다.

그걸 렌에게 전하기 위해, 강렬하게 새기는 듯한 키스를 했다.

혼자 있을 때는 울리지 않는 소리가, 방 안에 울려 퍼진다.

소리만으로 흥분하다니, 렌에게 들키면 또 변태라며 놀림당하겠지.

하지만 신기했다. 흥분은 하고 있는데, 마음은 너무나도 평화로웠다.

"시노……."

렌이 내 이름을 부르는 소리만으로, 몸 전체가 채워지는 감각이 있었다.

마음이 서로 통한다는 기쁨이란, 이렇게 크구나.

"만질게."

아마도, 오만이 아니다. 지금, 렌과 내 마음은 정확히 똑같은 곳을 바라보고 있다.

내가 렌에게 닿고 싶다고 생각하는 것처럼, 렌도 나에게 닿고 싶다고 생각하고 있을 것이다.

그렇게 생각한 근거도, 있다.

"읏……."

속옷의 후크를 풀고 가슴을 가볍게 만졌을 뿐인데, 렌의 반응이 무척 민감했으니까.

"귀여워."

귓가에 속삭이며, 손가락을 렌의 몸 위에 놀린다.

그저 그것만으로 크게 튀어 오르는 렌의 배에 입술을 가져다 대며— 일단, 물어봤다.

"화, 확인인데, 키스 마크는…… 안 되는 거지?"

가능하면 흔적을 남기고 싶다고 생각했지만…….

"……미안…… 오늘은 힘들어."

숨을 정리하면서 미안하다는 듯 사과하는 렌을 보고 엄청난 죄책감이 몰려왔다.

"그, 그렇지. 나야말로 미안해. 억지 부려서."

렌의 최근의 바쁜 일정을 생각하면 당연히, 어려울 거라고 예상했는데. 그 말을 내뱉게 해버렸다.

'REN의 촬영 기간이 몰려있을 때는, 키스마크를 남기지 않는다.'

이건, 사회인이 된 우리 사이에 생긴 룰 중 하나다.

앞으로 동거를 시작하고 같이 살게 되면, 이런 룰을 또 둘이서 생각하며 늘려가야 하겠지.

"있지, 렌. 같이 생활한다면, 룰을 생각해야겠네."

"응……? 지, 지금……?"

"응. 키스 마크처럼, 내가 또 렌에게 민폐를 끼치는 일은 하고 싶지 않은걸."

나는 무척 제대로 된 논리로 말하고 있다고 생각했지만, 렌은 조금 곤혹스러워하는 듯했다.

"……뭐, 괜찮지만. ……옷, 입는 편이 좋으려나?"

……혹시, 중간에 끝날 걸 걱정하는 건가? 귀엽네, 렌. 괜찮아. 난 아직 전혀, 끝낼 생각은 없어.

"아니, 그대로 있어. ……커튼은 무슨 색이 좋아?"

렌에게 질문하면서도, 애무하는 손은 멈추지 않았다.

"에? ……앗! 응, 무지가 좋으려, 나……. 앗, 무, 무난하게 흰색이라든가, 아이보리……라든가?"

"집안일은 당번제가 좋아? 내가 쉬는 날엔 요리도 세탁도 전부 하고 싶은데, 렌은 어때?"

"어, 어떠냐…… 니읏! 나, 나도 집안일, 할 수 있고……! 제, 대, 로, 상담해서 정하……자?!"

렌의 목소리에 색기있는 숨소리가 섞인다.

더듬더듬 끊기는 대답을 들을 때마다, 가슴이 뛴다.

같이 살 때의 이야기를 하는 것도, 렌이 내 손가락으로 기분 좋아지는 걸 보는 것도, 모두 날 참을 수 없게 만드니까.

하지만 렌은 불만인 건지, 촉촉한 눈으로 날 노려본다.

"아, 아까부터, 뭐야…… 나한테 집중, 하라고……!"

"하고 있는데? 하지만, 앞으로의 일을 이야기하는 것도 중요하니까."

"사디스트인지, 천연인지, 웃, 모, 모르겠지만……!"

어째서인지 항의를 해오는 렌이 눈을 꼭 감은 채 견디는 모습을 보고 있으니…… 한 번 제대로 머리가 새하얗게 될 때까지 느꼈으면 좋겠다는 생각이 들었다.

"미안해, 렌. 지금부터 렌을 기분좋게 하는 거에만 집중할게."

"아, 기, 기다려, 시노……!"

"괜찮아. 난 여기 있으니까."

렌의 목소리와 강약 조절에 집중하면서, 귀여운 여자친구를 이끌어 간다.

등에 휘감아져 있는 렌의 손에, 한층 더 강한 힘이 가해진다.

그리고— 렌의 몸에서 힘이 빠졌다.

정말 조금 전까지만 해도 반짝반짝 빛나는 왕자님이었는데, 내 손으로 이렇게 귀여운 여자아이가 되어버리다니.

넘쳐 흐르는 마음을 남김없이 전하고 싶어서, 어깨에 숨을 내뱉고 있는 렌의 붉은 볼에 키스를 한 뒤, 눈을 보고 말한다.

"정말 좋아해, 렌."

"……응."

"역시, 리스가 된다는 건 말도 안 돼. 적어도 난, 하고 싶지 않다고 생각하는 일은 절대 없을 거야."

싫어진다든가 질리는 날이 오는 일은, 평생 없을 것이다.

신님에게 맹세해도 좋아. ……하지만, 이런 걸 맹세하면, 신님도 곤란해하려나?

렌은 작게 숨을 내쉬며, 내 목에 손을 둘렀다.

"……시노가 좋으면, 좋은데."

"좋아?! 그럼, 또 한 번……."

"잠깐 기다려, 그런 의미가 아니야. ……지금은 좀, 쉬고 싶어."

"이번엔 처음부터 마지막까지 렌한테 집중할게…… 안 돼?"

마음을 담아 부탁하자, 렌은 뭔가를 생각하는 것 같았다.

"……어떻게 해도, 안 돼?"

"아— 진짜! 그런 눈으로 보지 마! 알겠으니까! 나중에!"

지금 당장이 어려워도, 나중이라면 오케이라고 하는 언질을 받은 나는 또 얼굴에 다 드러내고 있겠지. 렌이 엄청 기뻐 보이인다고 말하며 쓴웃음을 지었다.

거의 전라였던 렌이 점점 옷을 입는 과정을 빤히 보고 있자,

"……그렇게 너무 보지 마. 입기 불편하잖아."

"그치만…… 아까운걸……."

"아무리 그래도 계속 알몸으로 있는 건 아니잖아. 감사함

이 없어지니까.”

농담으로 말한 거겠지만, 나는 고개를 기울인다.

과연 그럴까? 렌의 몸이라면 언제까지고 볼 수 있는데…….

그치만, 오늘은 또 하나 건네줄 게 있었으니까, 딱 좋은 타이밍일지도.

옷을 입은 렌에게, 까눌레와는 따로 준비해둔 종이 봉투를 건넸다.

“저기, 이거…… 늦어졌지만, 생일 선물, 이에요.”

평소엔 눈치가 빠른 렌이지만, 지금건 예상하지 못했던 것 같다.

큰 눈을 깜빡이며, 당황한 기색으로 종이봉투를 받아들었다.

“……어? 나한테?”

“물론이지.”

“……열어봐도 돼?”

“으, 응. 마음에 들지는 모르겠지만…….”

항상 유행의 선두주자에 있는 렌의 입장에서 보면, 촌스럽다고 생각할지도 모른다.

하지만 내가, 렌을 생각하며, 렌한테 어울릴 거라 생각해서, 렌이 착용해줬으면 해서 고른 선물이니까…… 가능하면 마음에 들었으면 좋겠다.

종이봉투 안에 든 걸 꺼내드는 렌의 모습을 조용히 지켜

본다.

그리고…… 사각의 작은 상자를 본 렌의 눈이 커진다.

"이거……."

"여, 열어봐"

렌은 이미 선물의 내용을 눈치챈 것 같았다.

천천히, 신중히 작은 상자를 연 렌은…… 눈에 보이는 것을 확인하는 것처럼, 정성스럽게 말했다.

"……반지다."

"응. ……언제나 함께 있을 수 있게 해달라는 소원을 담았어."

여성용 치고는 꽤나 폭이 넓은, 입체감 있는 심플한 골든 링.

유명 브랜드의 제품이라 가격은 꽤 했지만, 사회인으로서 힘 좀 내봤다.

렌이 언제나 껴주고 다닌다면, 결코 비싸지 않은 값이라 생각했으니까.

"어, 어때……?"

긴장하면서 렌의 반응을 살피자, 가만히 반지를 보고 있던 렌의 시선이 나를 향하고—

내가 정말 좋아하는 웃는 얼굴을 보여줬다.

"……땡큐! 진짜— 기뻐! 계속 끼고 있을래!"

"다, 다행이다아……!"

내가 가슴을 쓸어내리는 것도, 잠깐 동안이었다.

렌은 정말 진심으로 기뻐해주는 것처럼 보이는데, 반지를 사랑스럽게 바라보기만 할 뿐, 좀처럼 손가락엔 껴주지 않았다.

……불안해진 나는, 조심스럽게 물었다.

"레, 렌…… 저기…… 솔직하게 말해줘? ……사실은 별로 마음에 안 들었어……?"

"뭐? ……아아, 아니야 아니야! 미안, 불안하게 했네. 뭔가…… 이런 일도 있구나—해서, 감상에 젖어있었다고 해야 하나."

렌의 말뜻을 잘 모르겠어서, 고개를 비틀었다.

"아니, 아무리 나라도 운명이란 걸 믿어버렸다 해야 하나. 전에 시노한테 로맨틱한 구석이 있다고 들은 것도, 납득이 됐다고 해야 하나."

어딘지 기분이 좋아보이는 렌을 향해, 나는 머리 위에 물음표를 띄울 뿐이었다.

"미, 미안해, 렌. 무슨 말이야……?"

"잠깐 기다려."

렌은 직접적으로 물은 나에게 하얀 이를 보이고는, 클로젯 안에서 작은 종이 봉투를 꺼냈다.

그 쇼핑백은— 방금 막, 내가 렌에게 선물한 것과 같은 브랜드의 것이었다.

"……어? ……어어어어?!"

놀라서 허둥대는 날 보고 즐겁다는 듯이 웃은 렌은, 옆에 고쳐앉고 내 무릎 위에 그것을 두었다.

"순서는 빼앗겼지만, 나한테서도 선물이야. 열어봐."

아마도, 내용물은 예상되지만, 두근거림 때문에 손이 조금 떨린다.

작고 단단한 상자를 열어보자, 내가 렌에게 선물한 반지와 같은 브랜드의, 다른 디자인의 반지가 들어 있었다.

"시노는 얇은 디자인이 어울릴 것 같다고, 전에 말했지? 내 취향이긴 하지만, 내가 시노한테 어울리지 않는 반지를 고를 리 없으니까 안심하고 껴."

렌이 날 위해 골라준 건, 다이아몬드가 흩뿌려진 핑크 골드의, 나한텐 아까울 정도로 예쁜 반지였다.

"……렌……! 고마워, 소중히 할게……!"

감사 인사를 전하고, 눈물이 흘렀다.

이런 기적이 일어났는데, 눈물이, 마음이, 터져 나오지 않을 수 없었다.

"야아, 울지 마."

"그치만…… 슬픈 눈물이 아닌 걸. 기뻐서, 행복해서, 가슴이 가득 차서 나오는 따뜻한 눈물이니까 괜찮아……!"

"그렇네. ……시노. 여기, 봐."

고개를 들어 렌 쪽을 보자, 렌은 소매로 촉촉이 젖은 내 눈가를 닦았다.

그리고 그대로, 왼쪽 손을 내 앞에 들이밀었다.

"반지…… 나한테, 끼워줘."

"……응."

렌의 손을 살짝 잡은 나는, 그녀에게 어울릴 거라 생각해서 고른 반지를— 몇 번이고 잡고 얽혀온, 익숙한 손가락에 끼웠다.

당연히, 고른 건 약지다.

눈부시게 빛나는 반지는 나와 렌의 마음을 춤추게 했고, 우리는 얼굴을 마주 보며 미소지었다.

"있지, 시노."

"왜애?"

"난 이 앞으로도 계속, 시노의 것이니까."

이런 걸 선뜻 말할 수 있는 게, 렌의 치사한 부분이다.

난 정말, 새빨개져서, 그저 렌 때문에 두근거려 터질 것 같은 심장을 달래는 게 고작이었다.

"시노도, 자."

"으, 응."

렌의 재촉에 고동이 진정되지 않은 채 왼손을 내밀자, 부드러운 렌의 손에 의해, 내 약지에도 핑크 골드의 반지가 끼워졌다.

상자를 열었을 때도 감동했지만, 그게 사랑하는 사람의 손으로 자신의 손가락에 끼워질 때의 기분은, 정말…… 말로 표현할 수 없었다.

단 하나 확실한 것은, 나는 평생, 이날을 잊을 수 없다는 것뿐이다.

설령 조금의 엇갈림이 있다 하더라도, 동거를 생각하는 타이밍도, 반지도, 중요한 곳에서 같은 가치관을 지닌 우리라면, 이 앞으로의 미래도 괜찮을 거라는 자신을 가질 수 있었다.

만일 불안해지면, 약지의 반지를 확인하면 된다.

만일 고민이 생긴다면, 곁에 있는 소중한 사람에게 말해 보면 된다.

이 앞으로의 우리는, 그게 가능하다.

그런 약속을, 맹세를— 지금, 나누었으니까.

"……있지, 렌. 물어봐도 돼?"

"뭔데?"

"지금도, 불안해?"

내가 막연하게 품어왔던, 덮쳐올 것만 같았던 응어리진 마음.

분명 렌도, 나와 같은 불안을 안고 있었다고 생각한다.

그러니까 물어봤다. 지금의 내 안에 흘러넘치는 이 마음도 마찬가지로, 렌과 같다고 한다면…… 묻지 않을 수 없었으니까.

렌은 웃고, 내 왼손의 약지를 그 손으로 어루만졌다.

"세상에서 제일 행복한데?"

"나도."

동시에 얼굴을 가까이 기울인 우리는, 천천히 입술을 맞붙였다.

서로의 체온을, 존재를, 미래를, 확인하는 것처럼.

렌의 얼굴을 바라본다. 언제 봐도 이목구비가 정돈된 얼굴도 정말 좋아하지만…… 내 손으로 쾌락에 젖어 흐트러진 얼굴도, 사랑한다.

렌의 옷에 손을 넣으려 하자,

"……하려고?"

렌한테 일단, 보류당했다.

"아까, 나중이라면 괜찮다고, 말했잖아……?"

"모처럼 옷 다 입었는데."

"……그럼 벗겨줄게. 그리고, 끝나면 입혀줄게."

"그렇게나 날 안고 싶냐……. 이 변태."

그렇게 말하면서도, 렌은 쿡쿡 웃고 있다.

"……변태라도 좋아…… 야한 건 사실이고."

"하하, 잘 알고 있네. 뭐, 그래도……."

렌이 목에 손을 감아 날 당겨 귓가에 속삭였다.

"야한 건 나도 마찬가지. 그러니까…… 몇 번이고 확실히, 사랑해줘."

이런 필살 문구를 들은 데다가, 혀까지 넣어지면, 더 이상 내 머릿속은 렌을 향한 마음과 자신의 욕망으로 가득 차서 모든 이성을 벗어 던지고 만다.

"렌."

모두의 인기인이고 멋진, 내 연인의 이름.

"렌."

내 품속에서 신음하는, 귀여운 연인의 이름.

몇 번이고, 몇 번이고. 기억하고 있는 단어가 적은 어린아이처럼.

사랑스러운 사람의 이름을, 사랑의 말만을, 나는 몇 번이고 반복했다.

"앗, 시, 시노……!"

의식하고 있는 건지, 아니면 무의식으로 하는 건지.

도중, 렌은 내 왼손을 만지고 싶어했다. ―정확히는, 반지를 끼고 있는 약지에.

그러니까 나는, 가능한 한 렌과 손을 얽히게 하며 그녀를 안으려 움직였다.

그리고 나 또한, 렌의 왼손의 약지에서 빛나는 반지를 보고, 닿을 때마다 고양되었다.

"좋아해."

"좋아."

"좋아."

"좋아해."

"사랑해."

목소리가 갈라질 때까지, 마음을 있는 대로 서로 전했다. 나와 렌의 앞으로를 축복하기 위한 반지에, 소원을 담아서.

—앞으로도 부디, 렌과 함께 있게 해주세요.

동거를 시작하면, 렌이 있는 매일이, 렌의 얼굴을 볼 수 있는 매일이 현실이 된다.

즐거운 일만 있지는 않겠지만, 싸우는 일도 있겠지만, 나와 렌 둘이라면 분명 괜찮을 거라 생각한다.

근거? ……음…… 확실히 말할 수 있는 건, 없지만.

난 렌이 정말 좋고, 중요하고, 소중하고.

렌도 나에 대해 똑같이 생각해주고 있다면, 떨어질 요소는 없는 거 아닐까……라고.

언제나 자신이 없는 내가 왠지 모르게 괜찮을 거라 여길 수 있는 건, 꽤 신빙성이 있다고 생각된다.

그러니까, 괜찮지? 오늘은 잔뜩, 들떠 있어도.

에필로그

3개월 후, 5월.

황금 연휴도 끝나고, 세간에서는 5월병이라든가, 여름방학까지 앞으로 며칠이라든가, 우울한 화제가 눈에 띄는 계절에 돌입했다.

나도 렌도 겨울에 비하면 조금 안정되었다고는 하지만, 변함없이 서로 바쁜 나날을 보내고 있다.

하지만, 전처럼 서로 엇갈리거나, 불안해지거나 하는 밤은 없다.

그 이유는―.

'오늘은 절대로 카레가 좋아.'
'촬영장 근처에 카레 집이 있어서 냄새 맡아버렸어.'

몇 시간 전, 「오늘 저녁은 뭐가 좋아?」라고 렌에게 보낸 메시지에 대한 답변은 무척 심플했다.

카레는 한 번 「먹고 싶다」고 생각하면, 카레 밖에 생각나지 않을 정도로 마력이 있으니까 말이지.

'알겠어. 비프가 좋아, 포크가 좋아?'

답장을 보내고, 난 오늘 저녁 메뉴에 대해 머리를 굴린다.

고기 종류랑, 맵기는 어떻게 하지…… 샐러드는 필수고, 그리고 요리 하나가 더 있으면 좋겠는데.

저녁 리퀘스트를 물은 건, 렌이 집에 오기 때문이 아니다. 오늘은 내가 저녁 당번인 날이기 때문이다.

나와 렌은 지금, 같이 살고 있다.

아침과 낮엔 어렵지만, 밤에는 가능하면 같이 식사를 하자는 게 우리가 정한 룰이었다.

그럼, 나머지 요리 하나는 뭐로 할까…… 그렇게 생각하며 왼손 약지에 시선을 떨어뜨리자, 3개월 전에는 없었던 빛이 반짝인다.

렌에게 받은 반지를 보고만 있어도 난 힘이 나고, 행복해진다.

난 정말 단순한 여자라고 생각하지만, 이런 자신이 꽤 좋을지도 모른다…… 라니, 언제나 곁에 있어주는 렌과, 렌이 준 반지가, 나에게 긍정감까지 주는 것이었다.

그건 그렇고…… 쿨한 얼굴로 사진을 찍히며 모두를 매료하는 모델 REN의 머릿속이, 카레로 가득 차 있다고 상상하니 뭔가 웃겨서, 무심코 웃음이 흘러나왔다.

"아─, 시노 선생님 지금, REN에 대해 생각했지?"

옆을 보자, 쿠마 선생님이 웃으면서 날 보고 있었다.

……아차. 여긴 교무실이었지.

"죄, 죄송해요……. 조, 조심할게요."

"잠깐! 딱히 뭐라 한 건 아니거든! 오히려, 몇 년이나 사귀고 있는 연인을 생각하는 것만으로 그렇게 귀여운 얼굴을 하다니, 귀하다고 생각했다구!"

어깨가 축 처진 내게, 쿠마 선생님은 서둘러 덧붙였다.

변함없이 상냥하고, 배려가 있고, 일도 잘하고, 예쁜……교사로서도 여성으로서도 존경하게 된다.

언제나 신세를 지고 있는 쿠마 선생님에겐 나와 렌의 진짜 관계를 밝히고 싶다고 생각해서, 동거를 시작하기 전에 우리가 고등학생 때부터 교제하고 있는 연인 사이라는 사실을 이야기했다.

일련의 이야기를 들은 후 쿠마 선생님의 첫 반응은, 「그렇구나」도 「놀랐어」도 「이째서?」도 아닌,

"귀하다……!"

……라는, 내가 평소 잘 사용하지 않는, 친숙하지 않은 단어였다.

이후로 쿠마 선생님은 내가 렌의 이야기를 하면 곧잘 「귀하다」라고 말하지만, 어떤 뜻인지는 사실 잘 모르겠다.

"쿠마 선생님은 최근 그 단어가 말버릇이 된 거 아니에요?"

웃으면서 지적하자, 쿠마 선생님의 눈은 반짝반짝 빛났다.

"귀여운 후배와 최애가 장기 연애 중이라는데, 이렇게 해 피한 일은 진짜 없다? 이런 기적 같은 커플, 나한테는 영양이 된다고!"

자신에 대해 열변을 토하는 걸 들어도, 뭔가 간지러운 기분이 든다.

……상냥하고, 배려심 있고, 일도 잘하고, 예쁘고, 그리고…… 좋아하는 것을 무척 열심히 응원하는 사람.

사회인 생활 2년 차에 알게 된, 쿠마 선생님의 새로운 일면.

앞으로도 더욱, 쿠마 선생님에 대해 알아가고 싶다고 생각한다.

"뭐, 뭔가 조금, 부끄러워요."

"에— 왜? 난 시노 선생님과 REN에 대해, 가능하면 전 세계에 알리고 싶을 정도인데."

"그, 그건 곤란해요……!"

"아하하, 농담이야, 하지만, 앞으로도 응원하고 싶은 마음은 진짜니까!"

"가, 감사합니다……!"

……쿠마 선생님과 친한 사람이라면 이런 의외인 일면도 알고 있는 걸까? 예를 들면 절친이라든가…… 연인이라든가.

문득, 지금까지 묻지 못했던 질문이 입으로 튀어나왔다.

"그런데, 쿠마 선생님은 지금, 연인이 계신가요?"

"응?"

쿠마 선생님은 날 빤히 응시했다. ……그, 그렇게 실례인 걸 물어봐버린 느낌일까요……?

"……이제 와서?"

식은땀을 흘리는 내 예상과는 다르게, 쿠마 선생님이 신경 쓴 것은 타이밍의 문제인 듯했다.

"앗, 그게……."

"그런가…… 시노 선생님은 나한테 별 관심이 없는 건가……."

"그, 그렇지 않아요! 선배에게 연인 유무를 묻다니, 실례일 것 같아서!"

"아아, 충격이네~ 난 이렇게나 시노 선생님을 생각하는데, 안중에도 없었다니……."

과장스럽게 손으로 눈을 가리는 선생님을 보고, 식은땀이 멈추지 않았다.

그, 그런 의도가 아니었는데, 이상한 오해를 받을 것 같아서 점점 초조해진다.

"저저저저저기, 정말로, 그렇지 않아요. 저, 저는……!"

"……장난. 놀랐어?"

쿠마 선생님은 시원스레 그렇게 말하고는, 어리둥절해하는 나애게 하얀 이를 보였다.

……그렇다는 건……? 쿠마 선생님은 나한테 화난 것도, 내가 쿠마 선생님을 상처준 것도 아니라는 거……?

"다, 다행이에요…… 노, 놀래키지 마세요~!"

"미안, 귀여워서 그만. ……있지, 시노 선생님."

쿠마 선생님은 언제나 품위 있고 온화한 웃음을 지으며 날 바라봐 준다.

"REN이랑, 언제까지나 행복하게 지내."

"네, 넵!"

지금까지 이상으로 일을 열심히 하자고 생각했다.

올해도 내가 담임을 맡는 일은 없었지만, 이 학교의 관례로 생각하면 아마 내년부터는 담임을 맡게 될 것이다.

그때까지, 쿠마 선생님한테 여러 가지 배워야지!

"뭐야아? 오늘도 시노 선생님한테 뜨거운 시선을 느끼는데—."

"죄, 죄송해요! 너무 쳐다봤네요!"

솔직히 말하고 고개를 숙이자, 쿠마 선생님은 웃었다.

"다녀왔어—."

그렇게 말해보긴 했지만, 아무도 없는 집에서 답이 돌아오는 일은 없었다.

하지만…… 거실의 불을 켜자, 그 광경은 혼자 살고 있던 3개월 전과 비교하면 꽤 많은 변화가 있었다.

소파의 등받이에 걸쳐져 있는 렌의 세탁물, 다이닝 테이블 위에 놓여있는, 렌이 촬영 때 받아온 과자. 트레이닝을 위해 렌이 산 덤벨.

이 집의 곳곳에 렌이 느껴진다.
그건 얼마나, 내 마음을 평온하게 만들어주는지.
렌도 분명, 나와 같은 안심감을 느끼고 있다고 생각한다.
전에 보여준, 불안정이라 해야 하나…… 렌이 무엇을 생각하고 있는지 모르게 되는 일이, 없어졌으니까.
서로가 얼마나 바빠져도, 매일 얼굴을 보고 이야기하고, 같은 침대에서 잠들 수 있는 생활은, 우리의 적막함이나 불안을 깔끔하게 제거해준 것이다.

오늘은 내가 먼저 돌아오는 날이니까, 「먼저 돌아오는 사람이 저녁 당번」이라는 룰에 따라, 난 지금부터 카레를 만든다.
좋아, 렌을 위해, 맛있는 카레를 만들자.
나 혼자를 위해서가 아니라 렌과 함께 먹는 걸 생각하면, 예전보다 훨씬 의욕이 샘솟는다.
……그렇다고는 하지만, 너무 지쳐서 아무것도 하고 싶지 않은 날은, 도시락이나 반찬으로 해결하기도 한다.
임기응변이라고 해야 할지, 룰에 너무 속박되어도 잘 되지 않는다는 걸 동거를 시작하고 조금씩 알게 되었다.

우리는 같은 시간을 겹쳐 쌓아간다.

가끔은 실패를 하면서도, 쭉 함께 살아간다.

변해가는 것도 있지만, 변하지 않는 것도 있다.

그걸 알고 있는 우리는, 분명 앞으로도 어깨를 나란히 하고 걸어갈 수 있다,

"……좋아, 이 다음은 푹 끓이기만 하면 돼."

뚜껑을 덮은 냄비에서 눈을 떼고, 스마트폰을 확인한다.

30분 정도 전에 렌이 「지금부터 돌아간다」라는 메시지를 보내왔었으니, 슬슬 도착할 것 같은데…….

그렇게 생각한 타이밍에, 현관 도어가 철컥 열리는 소리가 났다.

"다녀왔어—."

정말 좋아하는 렌의 목소리가 들린다. 약불로 해둔 카레는 그대로 놓고, 나는 서둘러 현관으로 렌을 맞이하러 간다.

"어서와, 렌."

"다녀왔어. 엄청 맛있는 냄새! 나 벌써 배고파."

신발을 벗은 렌이, 나에게 가벼운 키스를 했다.

……이건, 딱히 룰은 아니다. 서로가 하고 싶을 때 하는 애정 표현이다.

하지만, 이런 작은 스킨십으로 스위치가 들어올 정도로, 난 시라유키 렌에게 푹 빠져있다.

"……렌, 내일, 점심 지나서부터 일이었지?"

내일은 토요일. 즉— 난 휴일이라는 거다.

내 질문의 의도를 파악한 렌은 빙긋 웃으며, 내 왼손을 잡고 약지에서 빛나는 반지에 입을 맞추었다.

"그렇게 말할 거라 생각해서, 빨리 돌아온 건데?"

별 것 없는 일상의 대화에도, 연인 사이의 행동에도, 확실한 행복을 느끼는 우리의 생활은, 앞으로도 계속될 것이다.

—라며, 미래에 생각을 기울이는 건, 다음으로 해두자.

일단, 지금은.

렌과 함께 배불리 카레를 먹자.

오늘은 조금, 평소보다…… 긴 밤이 될 것 같으니까.

■ 작가 후기

치구사 미노리 선생님의 대인기 백합 만화『시노와 렌』의 소설화를 담당한 히비 츠즈로라고 합니다.

사회인이 된 시노와 렌을 그린다는 걸로, 어른이 됐을 때 마주할 수 있는 시츄에이션이나 감정 묘사를 즐길 수 있도록 힘을 다했습니다.

원작『시노와 렌』은, 둘의 귀여움이 가득 담긴 보석함 같은 이야기입니다. 많은 원작 팬 여러분께 사랑받고 있는 시노와 렌을 소설로서 접할 경우, 여러분이 그녀들에 대해 원하고 있는 게 무엇인지, 문자 매체에 기대하고 있는 건 무엇인지, 어른이 되었기에 보고 싶은 부분은 무엇인지…… 여러모로 생각하며 완성한 본 작품입니다.

시노와 렌은 서로 품고 있는 마음은 고등학생 시절과 무엇 하나 변함 없지만, 사회인이 되어 입장이나 환경이 바뀌게 됩니다. 그런 둘의 조금 어른스러운 연애를 지켜보실 수 있었다면, 다행입니다.

여기서부터는 감사 인사를 전하겠습니다.

치구사 미노리 선생님. 선생님께 있어 소중한 시노와 렌의 미래의 모습을 쓰게 해주셔서 정말로 감사드립니다. 둘 다 매력적이라 처음부터 끝까지 집필이 즐거웠고, 스스로도 놀랄 정도로 펜이 막힘 없이 움직였습니다.

또 함께 일을 할 수 있는 기회가 있다면, 잘 부탁드립니다.

백합과 소설에 대한 정열과 애정을 지닌 담당 편집자님. 집필에 있어 적절한 지적과 조언을 해주신 것, 마음 깊이 감사드립니다.

이 책을 읽어주신 독자 여러분. 언제나 감사드립니다. 소중한 당신의 매일이 부디, 행복하길 바랍니다.

마지막으로 선전입니다.

이 소설화 작품을 읽어주신 여러분은 알고 계실 것이라 생각합니다만, 치구사 미노리 선생님 원작 『시노와 렌』은 현재, 제3권 대호평 발매중입니다.

제3권이 소설과 같이 발매되므로, 이쪽도 부디 잘 부탁드립니다!

히비 츠즈로

시노와 렌 Future 1

초판 1쇄 발행 2026년 2월 20일

지은이_ Tsuzuro Hibi
일러스트_ Minori Chigusa
옮긴이_ 박은빈

발행인_ 최원영
본부장_ 장혜경
편집장_ 김승신
편집진행_ 권세라 · 최혁수 · 김경민 · 최정민
편집디자인_ 양우연
국제업무_ 박진해 · 조은지 · 이지현 · 박지현
관리 · 영업_ 김민원 · 조은걸

펴낸곳_ (주)디앤씨미디어
등록_ 2002년 4월 25일 제20-260호
주소_ 서울특별시 구로구 디지털로32길 30 코오롱디지털타워빌란트 1301-1308호
전화_ 02-333-2513(대표)
팩시밀리_ 02-333-2514
이메일_ lnovellove@naver.com
ㄴ노벨 공식 카페_ http://cafe.naver.com/lnovel11

SHINO TO REN Vol.1 FUTURE
©Tsuzuro Hibi, Minori Chigusa 2025
First published in Japan in 2025 by KADOKAWA CORPORATION, Tokyo.
Korean translation rights arranged with KADOKAWA CORPORATION, Tokyo.

ISBN 979-11-278-8698-1 04830
ISBN 979-11-278-8697-4 (세트)

값 8,500원

의매생활 1~11권

미카와 고스트 지음 | Hiten 일러스트 | 박정용 옮김

고교생 아사무라 유우타는 부모의 재혼을 계기로,
학년 제일의 미소녀 아야세 사키와 남매로서 한 지붕 아래 살게 됐다.
너무 다가가지 않고, 대립하지도 않으며, 적절한 거리감을 유지하자고 약속한 두 사람.
가족의 애정에 굶주린 고독 속에서 노력을 거듭해왔기에
다른 사람에게 어리광 부리는 방법을 모르는 사키와,
그녀의 오빠로서 어떻게 대해야 할지 몰라 당황하는 유우타.
어쩐지 닮은 구석이 있는 두 사람은,
같이 생활하면서 차츰 편안함을 느끼게 되는데…….
이것은 언젠가 사랑에 빠질지도 모르는 이야기.

**완전한 남이었던 남녀의 관계가 조금씩 가까워지며
천천히 변해가는 나날을 적은, 연애 생활 소설.**

©Ryo Shirakome/OVERLAP
Illustration Takaya-ki

흔해빠진 직업으로 세계최강 1~14권, 단편집

시라코메 료 지음 | 타카야Ki 일러스트 | 김장준 옮김

『왕따』를 당하던 나구모 하지메는 같은 반 아이들과 함께 이세계로 소환된다.
차례차례 사기적인 전투 능력을 발현하는 반 아이들과는 달리
연성사라는 평범한 능력을 손에 넣은 하지메,
이세계에서도 최약인 그는 어떤 반 아이의 악의 탓에
미궁의 나락으로 떨어지고 마는데―?!
탈출 방법을 찾을 수 없는 절망의 늪에서
연성사로 최강에 이르는 길을 발견한 하지메는
흡혈귀 유에와 운명적인 만남을 이루고―.
"내가 유에를, 유에가 나를 지킨다. 그럼 최강이야. 전부 쓰러뜨리고 세계를 뛰어넘자."

**나락으로 떨어진 소년과 가장 깊은 곳에 잠들었던 흡혈귀가 펼치는
『최강』 이세계 판타지 개막!**